# LE SILENCE DES CARPES

# LE SILENCE DES CARPES

JÉRÔME BONNETTO

inculte / barnum

*À Marta & Adam*

« On ne va jamais aussi loin
que lorsqu'on ne sait pas
où l'on va. »

Christophe Colomb

# PROLOGUE

Il y avait en Europe centrale, au cœur de la Moravie, de charmants étangs du fond desquels remontaient à intervalles réguliers des petites bulles d'air sur lesquelles Ota et Pavel posaient des regards de pêcheurs expérimentés, des bulles qu'ils savaient mieux interpréter que les soupirs de leur femme. C'était peut-être pour cela d'ailleurs qu'ils avaient toujours vécu célibataires.

Ces excellents pêcheurs avaient leur philosophie. Pour eux, ce n'était ni un art pratique de la méditation, ni un hédonisme du paysage, ni même une excuse pour échapper au monde. Non, ils préféraient les coins poissonneux et le véritable plaisir se trouvait dans la pêche elle-même, il fallait attraper, attraper du poisson.

Un matin, ils décidèrent de contrer la monotonie de leurs dimanches et de sortir des sentiers battus. Plutôt que de se rendre à l'Étang du meunier, ils avaient suivi une inspiration soudaine, tourné à droite après le grand noyer et tracé à travers champs. Ils goûtèrent alors aux joies oubliées de l'aventure et au bonheur de se perdre dans une région qu'ils croyaient connaître sur le bout des doigts. « Où qu'on aille, on finit toujours par retomber sur un chemin », fatalisa Pavel.

Après quelques kilomètres d'errance tranquille, ils abordèrent une clairière cerclée d'un étrange étang qui filait la lisière du bois. Sa forme étirée le cachait des regards si bien qu'il n'était pas visible à plus de vingt mètres.

Ils s'approchèrent. La mare grouillait comme une casserole qui attend un demi-kilo de pâtes.

– Pavel, tu vois comme moi ? Ça doit être des carpes-miroirs !

– Ouaip, et elles sont là depuis longtemps. Mon vieux, si tu veux mon avis, on va se régaler.

Ota sortit de sa poche un petit morceau de pain et le jeta dans l'eau près de lui pour mieux observer la bête. À peine avait-il touché la surface qu'un poisson couleur carmin avala la portion.

– Des carpes-amour ! Nom d'un chien ! Mais comment ont-elles pu atterrir ici ?

– On réglera ça plus tard, pour l'instant au boulot !

Les deux amis se frottèrent les mains en pensant à l'effet qu'ils produiraient au village en ramenant deux douzaines de carpes-amour. Cela faisait des lustres qu'on n'en trouvait plus dans la région. C'étaient les plus savoureuses et les plus chères, rien à voir avec ces saletés de carpes d'élevage. Ota salivait déjà et élaborait mentalement une petite sauce blanche étoilée d'aromates pendant que Pavel calculait le profit qu'il pourrait en tirer.

Ils choisirent avec science leur emplacement, déballèrent le matériel et se mirent au travail. La surface de l'eau frémissait littéralement, comme la peau d'un vieux à la fenêtre d'une voiture lancée sur l'autoroute. Les queues des carpes frappaient l'eau en tous sens, les bulles dansaient en une farandole pleine de promesses. Ce serait un jeu d'enfant.

Ils lancèrent leur ligne au milieu des remous. Les jambes à peine fléchies, le regard pointu et la conscience aiguisée comme un couteau de trappeur, ils étaient prêts à réagir à la première touche. La prise serait immédiate.

Mais rien. Aucune carpe-amour ne mordait aux hameçons.

Alors Ota et Pavel retirèrent leur ligne, changèrent leurs appâts, et relancèrent avec une plus grande minutie.

Toujours rien. Pavel repoussa légèrement sa casquette sur son crâne pour se gratter le front.

– T'as déjà vu, ça, Ota ?

– Oui, une fois, au bal des pompiers. Elles se trémoussaient toutes sur la piste de danse, mais aucune ne voulait danser avec moi.

– T'es con. Qu'est-ce qu'on fait ?

– Passe-moi l'épuisette.

L'outil en main, Ota fit trois pas dans la vase gluante. Il commença à lancer des coups d'épuisette, tout d'abord rapides et précis, puis désordonnés, à droite, devant, à gauche, derrière. Mais il n'attrapait rien, les carpes se montraient plus agiles et se jouaient du pêcheur. Pavel observait son ami se débattre comme on regarde un pongiste qui affronterait un adversaire invisible maîtrisant les effets les plus mystérieux.

– Là ! Là ! Mais qu'est-ce que tu fous ?

– J'aimerais t'y voir ! Nom d'un chien ! Tu vois bien le bordel que c'est.

Ota accéléra sa chorégraphie, mais rien n'y fit. Il ressortit de l'étang avec au fond de son filet, quelques feuilles et une branche de noisetier.

Pavel le regarda circonspect. Il n'osa même pas se moquer de lui.

– Écoute Ota, on laisse tout comme ça, on n'en parle à personne et on revient demain. En attendant, allons boire une chopine, on y verra peut-être plus clair après.

Alors qu'ils s'éloignaient, l'étang retrouva son calme. Seules quelques bulles d'air narquoises rythmaient la quiétude du lieu.

# PREMIÈRE PARTIE

# 1
# PLOC

On a vite fait de se noyer dans un verre d'eau.

Le robinet de la cuisine gouttait depuis des semaines et je ne parvenais plus à maintenir cette indifférence feinte qui m'avait permis de repousser le coup de fil au plombier. J'entrais dans la zone d'irritation maximale et chaque goutte résonnait dans ma tête comme un gong. Au fond, cette tendance à remettre sans cesse au lendemain la résolution des petits accrocs de la vie finissait toujours par se coucher devant l'évidence et une fois encore, je déposais les armes : je ne supportais plus d'entendre le *ploc* caractéristique de la goutte sur l'inox, ni même le plus léger *plac* sur le chiffon que je plaçais parfois sous le robinet et qui, en s'imbibant, transposait subtilement le son de « oh ! » vers « ha ! ». Les cuisines américaines ont pour le salon cette générosité des sons : l'électro-swing du réfrigérateur, la berceuse du lave-vaisselle et le métronome infernal de la fuite du robinet. Je ne pouvais passer toutes mes soirées dans le bunker de ma chambre d'autant plus qu'à bien écouter (et je ne pouvais m'empêcher d'écouter, j'en étais même venu à scruter chaque son), on l'entendait ce foutu *ploc*, même depuis la chambre. Par un jeu acoustique que je découvrais, on l'entendait aussi dans les toilettes, la salle de bains, au fond du couloir, on l'entendait partout. L'appartement était un même corps dont chaque membre, chaque organe tremblait à sa manière sous les coups de boutoir de la goutte, la sempiternelle goutte. Il n'y avait pas un mètre carré de l'appartement qui lui échappait.

On ne peut camoufler un bruit que par un autre, mais quelle que soit la musique que l'on passe – Led Zep, Chet Baker ou Wagner – même l'album le plus chéri d'entre tous finit immanquablement par irriter les nerfs à partir de la cinquième heure (ce que Wagner fait en quatorze minutes). Alors, on éteint sa chaîne Hi-Fi, et de nouveau s'avance le moment où le *ploc* réapparaît, un *ploc* revanchard, plus résolu encore d'avoir été trompé.

C'était devenu ce que veut le supplice médiéval : chaque goutte creusait un peu plus le trou qui forait ma raison.

Et pourtant, il me semblait à ce moment-là qu'il me serait plus facile de traverser le désert de Gobi sur un yack asthmatique que d'appeler un plombier.

Je pris le chiffon imbibé d'eau et le remplaçai par un cousin sec qui me donnait quelques instants de calme relatif.

Le lendemain, le yack me brûlait les fesses. Je me mis alors en quête d'un artisan. J'entrai « Plombier Paris » dans mon moteur de recherche, je parcourus la liste des réponses et je choisis le deuxième nom, car je me méfie en tout de ceux qui arrivent premiers depuis que j'ai entendu le fringant Poulidor prononcer un petit hommage aux trente ans de la mort d'Anquetil.

Le téléphone du deuxième nom de la liste de plombiers sonnait occupé. Robert, Robert Boulay, il s'appelait. Le garçon avait dû avoir une enfance difficile et c'est peut-être pour cela que Boulay m'inspira une confiance immédiate. N'ayant pas l'habitude de contacter des plombiers, je m'étais déjà attaché à ce Robert Boulay et j'avais rappelé plusieurs fois, à intervalles réguliers, et par ces appels répétés c'était un peu comme si Robert Boulay quittait la masse sombre et indistincte des artisans fourbes et fuyants pour revêtir la noble salopette de plombier particulier – celui que l'on peut recommander avec fierté aux amis.

Entre deux tentatives, j'essayais de ne pas trop écouter la nouvelle goutte se jeter inlassablement sur le chiffon qui renvoyait des sons de plus en plus aigus au fur et à mesure qu'il se gorgeait d'eau. Mais c'était impossible et j'en venais à compter les gouttes comme un vieux tireur de photos comptait les secondes dans son laboratoire. Je jouais même à faire des syncopes en tapant mon doigt sur la table : *Plac*, index, *plac*, majeur... Et je rappelais Bob toutes les soixante gouttes.

Il est toujours utile d'avoir un avocat, pensai-je, bien que je n'aie jamais eu besoin d'y avoir recours. Je n'avais pas d'avocat, mais un plombier ce n'était pas si mal, encore eût-il fallu que Robert réponde, or le téléphone de Bob me refusait impitoyablement. Il me fallut donc changer de plombier. C'était bête, car je m'étais déjà habitué à ce Bob Boulay, dit la Boule.

J'ai essayé d'en joindre d'autres. Il y eut Léonard Malo, Denis Gavet, Marc Sapin, Jean-Michel Baroni, mais soit qu'ils ne répondaient pas, soit que le vingtième c'était très loin mon bon monsieur, soit qu'une multitude d'empêchements incompréhensibles interdisaient le déplacement, personne n'était disposé à me sauver. Je constatai que le monde de la plomberie parisienne avait quelque chose de la tauromachie.

J'ai alors décidé de changer moi-même le joint défectueux. En magasin, on m'avait conseillé un nouveau modèle qui s'adapte. « C'est tout nouveau ! Un brevet américain. » Je l'ai acheté en pensant à ce brevet américain, à la caution scientifique que cela donnait à ce joint, et tout à la fois, je craignais de ne pas être à la hauteur, de bousiller le beau joint américain et mon vieux robinet par l'une de ces maladresses dont je suis coutumier.

Mais non, changer un joint était plus simple que prévu, j'ai fixé très facilement la nouvelle rondelle qui s'adapte à la place de celle qui laissait passer l'eau depuis des semaines.

Et cela a fonctionné. Je pouvais retrouver le sommeil et le cours de ma vie. J'ai montré fièrement le résultat à ma femme, Pauline.

Mais au bout de quelques jours seulement, le joint qui s'adapte s'était tellement bien adapté à la place de celui qui laissait passer l'eau, qu'il commença à laisser passer l'eau lui aussi. Je ne saurais décrire l'abattement qui fut le mien quand en rentrant le soir, j'entendis de nouveau ce *ploc* métallique qui se riait de moi, la goutte, la sempiternelle goutte, comme s'il n'y en avait qu'une qui montait et redescendait inlassablement le même toboggan en inox.

J'étais plus résolu que jamais à régler ce problème de fuite. J'ai posé un chiffon sec sous le robinet (j'avais disposé une pile de chiffons secs prêts à l'emploi à côté de l'évier) et j'ai pris mon téléphone. J'ai rappelé Robert, le deuxième nom sur ma liste, mon premier plombier. Et là, miracle, Bob me répondit sur un ton affable.

– Que puis-je pour vous, mon cher monsieur ?

J'étais décontenancé, tellement habitué à entendre se perdre la sonnerie dans une suspension infinie, je ne m'attendais pas à une réponse aussi rapide et ouverte. Je notai un petit accent difficilement identifiable. C'était trop ténu pour être de l'italien, trop chantant pour du libanais, trop lointain pour du hollandais et pas assez brumeux pour les langues scandinaves. Je lui expliquai mon problème.

– Oui, c'est très agaçant ce goutte-à-goutte. Je vous comprends. Je peux passer dans quarante-cinq minutes. Cela vous convient-il ?

Je ne saurais dire si c'était la maîtrise de l'inversion interrogative, la disponibilité de l'intonation ou la perspective de voir enfin résolu ce problème qui me torturait depuis des semaines, je ne trouvais quoi répondre et je mis quelques instants avant d'articuler :

– ... Oui... oui... c'est parfait. Ça me convient parfaitement.

Je n'étais pas habitué à voir se résoudre facilement les problèmes, notamment les courts-circuits et les fuites d'eau. Surtout les fuites.

Alors que je commençais à me convaincre que j'allais venir à bout du *ploc* et du *plac*, Pauline rentra.

Il était tôt et ce n'était pas dans les habitudes de ma femme. Je l'entendis retirer ses talons (j'adore le son des talons que l'on retire, il est pour mes oreilles ce que l'odeur du café est pour mon nez) et elle me rejoignit dans la cuisine. Le téléphone gisait tout chaud sur la table. J'en étais venu à bout. Elle avait un regard à la fois triste et décidé. Comme si elle avait pris une trop grande bouffée d'air avant d'entrer dans la pièce.

– J'aimerais faire un petit break, Paul.

Elle m'expliqua alors lentement, presque tendrement combien nous nous perdions depuis des mois, la difficulté qu'elle avait de me sentir dans la même pièce qu'elle, le dégoût qu'elle ressentait en me voyant dans la salle de bains, son impossibilité à supporter ce qu'elle trouvait pourtant charmant au début – ma manière de siffloter, de me mordre les lèvres quand j'hésitais, mes petites obsessions, ma façon même de me retourner dans le lit – et tout en disant cela, presque amoureusement (c'en était plus que troublant) elle faisait machinalement tourner son alliance comme si elle dévissait un vieil écrou sur un mauvais filetage. J'avais l'impression de tourner avec la bague. Sur l'annulaire de l'autre main, elle portait une nouvelle bague d'un style tape-à-l'œil que nous avions l'habitude de critiquer tous les deux. J'avais choisi pour son anniversaire un anneau en argent à la forme simple et pure, moins par pingrerie que par goût de la sobriété. Et puis à défaut d'un mariage que je lui refusais, je pouvais lui offrir une alliance. Or elle arborait à côté de mon alliance, l'une de ces bagues rococo, une sorte de gâteau à la crème truffé de pierreries multicolores et onéreuses dont chaque éclat dessinait les contours d'un monde de réussite, d'aisance et de bêtise. Après avoir énuméré tous mes petits défauts et alors qu'elle enchaînait sur les avantages de la séparation des corps, je m'interrogeai sur la provenance de cette bague ridicule qui marquait symboliquement le changement le plus radical des goûts de ma femme. En dix ans, pas une fois elle n'avait fait preuve de vulgarité. Je photographiai mentalement la bague : anneau en or, massif rocheux de diamants autour de deux émeraudes prolongées par une petite accolade de grenats (le pire étant l'accolade).

On s'approchait de la conclusion. Elle m'expliqua combien c'était nécessaire, ce n'était peut-être que temporaire, il nous fallait repartir sur de nouvelles bases, mais plus ses phrases insistaient sur le caractère non définitif de la séparation, plus je la voyais s'échapper par le soupirail, comme ça, en crabe définitif. Elle me conseilla de me faire plaisir, de profiter de la vie, de travailler moins, de me remettre à la peinture, je peignais si bien, c'était un tel gâchis. Je méritais vraiment d'être heureux. Il y avait des étapes dans la vie. Je comptais toujours autant pour elle, mais voilà.

– Comme tu voudras, dis-je.

Il n'y avait pas grand-chose d'autre à ajouter et ma réponse sembla la satisfaire. Je la vis s'affaisser légèrement dans un réflexe de détente comme après avoir joué au piano une fugue compliquée. Les lourdes gouttes claquaient de plus en plus fort sur le chiffon imbibé. Je me suis levé, j'ai pris un chiffon sec et l'ai placé sous le robinet. J'ai fixé quelques instants le chiffon gorgé d'eau avant de l'essorer d'une main puissante. Je constatai pour la première fois la sensation virile et érotique de ce geste.

Alors, Pauline s'avança vers moi et me prit la main, une main douce, chaude, presque aimante.

J'eus à peine le temps de réactiver le souvenir du contact de sa peau qu'on sonna à la porte. C'était le plombier. J'avais oublié le plombier.

Il entra, affable, souriant. Je relevai de nouveau ce petit accent qui me titillait. Je cherchais son origine écartant une à une toutes les possibilités. Cette manie de m'attacher à des détails sans importance, sympathique le reste du temps, prenait ici un tour presque inquiétant quand elle s'imposait bêtement au cœur d'un événement aussi décisif que la rupture d'avec la femme de ma vie. Quel genre d'être se penche sur l'éraflure au genou d'un homme décapité ? Il me semblait que je donnais ainsi raison à Pauline qui se déliait de moi et il me prit l'envie d'en faire autant, or il n'est malheureusement pas possible de faire un *petit break* avec soi-même, car on n'a nulle part où aller. Le monde entier se moquait de l'accent du plombier. Un Robert Boulay en plus ! Pouvait-il être autre chose que français ?

Je ne savais décidément pas faire avec les artisans. Je lui présentai maladroitement Pauline, « ma femme ». Je sentais bien ce que cette situation banale avait en réalité d'incongrue : le petit problème de goutte-à-goutte, la bague, le *petit break*, le plombier avec son accent (très léger, vraiment très léger, comme un papillon qui ne se poserait que sur certaines syllabes plus sucrées) et son irruption dans l'intimité de notre couple qui s'atomisait sans heurts doublaient mon trouble.

Je lui ai montré le robinet de la cuisine et il a commencé à s'affairer. Nous ne reprîmes pas là où nous en étions et ma main resta veuve. Nous nous tînmes quelques instants ainsi immobiles et cois, le regard fuyant comme des serpents d'eau pendant que le sifflotant plombier s'activait sur la quincaillerie. Pauline se pencha vers moi :

– Je vais prendre quelques vêtements.

L'artisan s'arrêta net de siffler, comme s'il avait enfin compris l'importance de ce qui se jouait dans son dos. Elle se retira dans la chambre et je me retrouvai seul avec Robert Boulay qui, déjà, revissait le robinet. Voilà, c'était fini. Il lui avait fallu moins de cinq minutes pour régler mon problème de goutte-à-goutte. Il vint s'asseoir près de moi, sortit son calepin professionnel et renseigna soigneusement les cases. Je brûlais de l'interroger sur son petit accent, mais je n'osais pas. J'entendais Pauline froisser des tissus et remplir son sac de voyage dans la pièce d'à côté. J'ai réglé la note du plombier avant de le raccompagner à la porte. Pauline était déjà dans l'entrée, avec son sac de voyage mal refermé, le petit pull mohair rose que je lui avais offert le jour où elle avait perdu son chat s'était coincé dans la fermeture éclair, un bout de manche dépassait.

J'ouvris la porte, le plombier sortit.

– Excusez-moi, puis-je vous demander d'où vous vient ce petit accent ? Mais peut-être suis-je trop curieux ?

– Tchèque, je suis d'origine tchèque, mais je suis français depuis longtemps.

Je l'ai remercié. Pauline était là. Elle en profita aussi pour sortir. Elle passa devant moi en me bousculant avec son sac et attendit que le plombier s'éclipse. La porte d'entrée de l'immeuble finit par claquer.

– J'ai pris quelques affaires. Je vais chez maman. Je garde les clefs de l'appartement. Je repasserai dans la semaine.

Je me tins à l'encadrement de la porte. Elle esquissa un geste, le retint puis disparut à son tour. Quand je refermai la porte, le pêne de la serrure fit comme un bruit sec de branche cassée.

## 2
## LA PHOTOGRAPHIE

Le lendemain, je fus réveillé par un rayon de soleil tranchant à travers la lame cassée de la jalousie, signe que j'avais dormi plus que de coutume. Cela faisait bien longtemps que je n'avais plus entendu la petite bossa-nova de mon alarme et cette fois-ci, il n'y avait pas Pauline pour chanter la deuxième voix.

En entrant dans la cuisine, j'ai jeté un regard vers la courbe froide et brillante du robinet. Boulay avait fait du bon travail. Il y a une beauté émouvante du geste professionnel parfaitement exécuté. « Ah ! » pensai-je.

J'en étais là de mes réflexions matinales quand j'aperçus quelque chose sous la table. C'était une vieille photographie en noir et blanc. L'image était floue et présentait des taches et des rayures, le coin en haut à gauche était corné. Elle donnait à voir une femme assise sur un banc, une blonde d'une grande beauté. Elle était étrangement habillée. Elle portait un haut de maillot de bain soumis à une forte pression et sa jupe était relevée jusqu'à mi-cuisses ce qui conférait un caractère vaguement érotique à l'image. Quelqu'un avait surligné le contour de ses formes avec un bic au niveau de la hanche et des épaules et apposé une couleur sur une zone de l'arrière-plan. Mon attention se fixa sur le visage de cette jeune femme, expressif, dense et linéaire. Un faciès qui intimidait. Pourtant, elle devait avoir à peine vingt ou vingt-cinq ans. Elle dégageait un charme solaire qui mettait les yeux à genoux. Seul un léger ourlet au-dessus de sa lèvre jetait comme une ombre dont on ne pouvait dire si elle était le résultat d'un petit accident ou le souvenir d'un bec-de-lièvre. La prise de vue avait été déclenchée de relativement près, peut-être deux mètres, marque habituelle d'une proximité entre le sujet et le photographe, or quelque chose dans le regard de la jeune femme exprimait plutôt de la surprise, une absence de consentement, voire de l'hostilité.

Je n'aurais su dire précisément pourquoi, mais cela ne ressemblait pas à la prise de vue d'un fiancé ou d'une mère attendrie.

Je ne vois pas ce que Pauline aurait pu faire avec une telle image. Je pariai plutôt qu'elle avait dû glisser des affaires du plombier au moment de rédiger sa facture.

Je ne parvenais pas à me sortir ce cliché de la tête. Quelque chose d'informulable me fascinait. Ce n'était pas une photographie d'amateur. Il y avait une dimension artistique assumée, au-delà du flou et du geste au bic, quelque chose en plus dans le cadrage, dans le point de vue témoignait d'un savoir-faire convaincant, troublant même. Qu'est-ce qu'une telle image faisait dans les affaires d'un plombier au travail ? Je doutais qu'il ne dispense pour le plaisir ses photographies chez les clients comme le font, paraît-il, certains lecteurs qui abandonnent volontairement des livres dans des lieux publics pour les imaginer voyager. Mais quel genre de plombier abandonnerait un tel cliché chez moi ? Et sous une table ? C'était ridicule. Il me serait facile d'interroger Robert Boulay et j'aurais très rapidement la réponse à toutes mes questions.

J'ai pris une photo de l'image avec mon mobile. J'eus une petite pensée pour ce photographe inconnu qui, s'il était encore vivant, devait regretter en voyant partout des gens mitrailler à tout va, cette douce époque où les photos étaient plus difficiles à produire – n'était-ce pas là justement une pensée clichée ?

J'ai appelé plusieurs fois le bon Boulay jouant toute la journée à un curieux ping-pong : vaisselle – coup de fil au plombier, repassage – coup de fil au plombier, carreaux – coup de fil au plombier. Mais il n'y avait rien à faire. Il était plus difficile à joindre que la femme d'un curé.

## 3
## LA BOULE À ZÉRO

Le lendemain matin, Pauline était là. « Je suis désolée, je ne voulais pas te réveiller. » Elle était assise à notre table. « Cela ne te dérange pas ? J'ai quelques papiers à trier, je ne serai pas longue. » J'ai pris un ton détaché que je crus tout d'abord sincère, mais qui n'était que faussement détaché, car je peux l'avouer, sa présence me gênait. Ne pouvait-elle pas emporter tous ses papiers et faire le tri chez sa mère ?

Je m'étonnais – et c'était tellement banal – que ce corps, si intime et accessible quelques jours auparavant puisse dégager, du jour au lendemain une telle étrangeté. Et pourtant, il me semblait que cette distance nouvelle aurait pu être un appel à une reconquête. L'idée me traversa l'esprit en me faisant couler un café et alors que je l'observais se courber sur une paperasse indescriptible, une paperasse que je ne lui avais jamais vue manipuler jusqu'alors (elle ne s'était jamais occupée des basses tâches qu'elle évitait plus par snobisme que par phobie administrative), feuilles diverses et chamarrées que je découvrais un peu ahuri comme si elle avait eu un enfant caché et dont je crus qu'elle ne viendrait jamais à bout, ses mains tournant et retournant les rectos et les versos, tapotant sur la table après les avoir réunis des petits paquets de feuilles qu'elle tassait et qui se désolidarisaient immédiatement à la moindre manipulation, cette idée fugace donc que notre histoire pouvait repartir depuis un point viable, voire repartir de zéro, comme si nous ne nous étions jamais connus – n'étions-nous pas déjà devenus autres par l'expérience même (bien que brève pour l'instant) de ce qu'elle avait appelé un *petit break* ? – cette idée, finalement, me parut tout à coup parfaitement ridicule.

Elle se leva et se prépara un thé. Je la trouvai d'une beauté et d'un charme révoltants dans ces gestes-là du quotidien, chorégraphie que j'avais fini par ne plus remarquer et qui se révélait à moi ce matin-là par la magie insidieuse du *petit break* dans leur arabesque fluidité. En se penchant au-dessus de l'évier, une mèche de cheveux se colla entre ses lèvres, mèche qu'elle écarta d'un maître-geste du majeur puis de l'index, à la fois savant et naturel, sorte de torpille poétique pour adolescent trop sensible. Il me sembla subitement que jamais, pendant toutes ces années, une mèche ne s'était accrochée à ses lèvres et que le sort poursuivait son petit jeu sournois. J'ai remarqué alors que des mèches plus courtes encadraient son visage. Elle avait enlevé deux ou trois centimètres qui avaient modifié l'équilibre de son visage et qui me le rendaient désormais étranger.

J'ai pensé que je ne pouvais rester les bras ballants et qu'il fallait que, moi aussi, je change quelque chose, que j'achète des pantalons slim ou que je me rase la boule par exemple. C'est vraiment une bonne idée, me suis-je dit, de me raser les cheveux. Pauline avait aimé jouer avec mes ondulations remarquables, vestiges des boucles sautillantes de mon enfance, boucles dont raffolaient les vieilles dames parce qu'elles trouvaient ça « rigolo » et parce qu'elles renvoyaient au mythe du petit prince. Oui, j'avais été un petit prince brun ! C'est ce que ma mère me disait tous les soirs quand au moment du coucher, elle emberlificotait ses doigts à l'intérieur de mes boucles avant de me laisser à la nuit : « Tu le sais, mon amour, que c'est toi mon petit prince brun... »

En effet, se raser la boule, n'était-ce pas une manière de repartir à zéro, au moins d'un point de vue capillaire, pensai-je. Il fallait que je me rase la boule, dès que Pauline partirait, je m'arrêterais chez le premier coiffeur et : « Zang ! La boule à zéro. »

Mais très vite, le doute montra son museau. Il y avait une illusion bas de gamme dans ce nouveau départ capillaire, coup de feu de tous les soi-disant départs. N'allais-je pas seulement m'enlaidir ?

J'ai regardé la subtilité des petites mèches que Pauline s'était fait sculpter et je ne pouvais que constater combien son visage avait gagné en énergie, en modernité, en charme, ce qu'il me serait bien difficile d'atteindre, moi, avec une boule à zéro. Non, ce n'était peut-être pas une si bonne idée que ça la boule à zéro.

Je devais me rendre à l'évidence, il n'y avait pas de façon simple de reprendre les commandes de ma vie. J'ai profité encore quelques instants de sa beauté et de mon pincement au cœur puis je me suis réfugié dans la chambre, avec mes cheveux.

Tout ceci n'expliquait pas pourquoi, après avoir souverainement promulgué le *petit break*, elle était encore là.

## 4
## L'ÉTRANGE MONSIEUR BOULAY

J'ai flotté encore quelques jours dans les limbes du *petit break* comme si on avait prélevé mon âme. J'avais le plus grand mal à travailler. Je me contentai de gérer les affaires courantes, les allées et venues de Pauline qui passait au moins une fois par jour dans l'appartement pour y déposer un paquet ou emporter des effets personnels. Je m'interdisais de l'interroger par crainte de m'engager dans les méandres d'une discussion qui nous aurait menés trop loin. J'en redoutais les conséquences. Je refusais de sonder mes sentiments en me livrant à l'analyse du *petit break* qu'elle m'avait imposé – réalité ironique puisque je voyais Pauline tous les jours et qu'elle était toujours charmante, affichant de grands sourires et une fraîcheur qui rappelaient nos premiers mois. Et il fallait bien admettre qu'elle renaissait littéralement dans les couches de ce *petit break* qui devait l'éloigner de moi, mais qui en réalité me la ramenait quotidiennement pour exhiber sa vie, son désir, son énergie, son bonheur retrouvé en somme, bonheur qu'elle m'infligeait comme une publicité pour les Caraïbes sur les murs d'une geôle.

Se rendait-elle compte de ce qu'elle m'imposait ou avait-elle accédé à un niveau de légèreté qui lui faisait tout voir de si haut qu'elle ne voyait plus rien ?

Elle abandonnait sans cesse d'infimes preuves de sa présence, des pièces à conviction que je découvrais le soir. Elle déplaçait des meubles, laissait en évidence un livre, un ticket de parking, une note de massage, un numéro griffonné à la va-vite sur le bloc-notes du couloir. Tous les jours, alors que je refusais résolument cette chasse au trésor, me sautait aux yeux l'une de ses nouvelles trouvailles, sa boîte de friandises préférées, une pelle à tarte (oui ! une pelle à tarte en plastique transparent - innommable), le nouvel emplacement du yucca.

Un matin, je vis arriver une commode. Deux livreurs manœuvrèrent dans le couloir sous les ordres précis de Pauline qui tutoyait ces deux hommes que je n'avais jamais vus de ma vie. L'un d'eux ressemblait trait pour trait à Brad Pitt, les cheveux en moins. En voilà un qui sait porter la boule à zéro, pensai-je. Son t-shirt déchiré (il était déchiré d'une façon savante, propre à la nonchalance sexy mise en scène dans les magazines) laissait apparaître des abdominaux offensifs dessinés au poinçon de sculpteur. Une veine courait le long de son biceps, de celles qui soulignent la pureté du muscle. Il me fut instantanément antipathique.

Ils déposèrent la commode dans la chambre. « Ça ne te dérange pas ? C'est juste pour une semaine ou deux. » J'avais à peine esquissé une moue hésitant entre l'accord bienveillant et la lassitude qu'elle me remercia en déposant sur ma joue un baiser sonore et son parfum délicat. Puis elle ressortit dans le même élan, embarquant Brad Pitt et son compère et laissant derrière elle une commode en bois massif, ornée de motifs floraux, que l'on avait patinée artificiellement, me sembla-t-il, selon les conseils approximatifs des émissions télévisées du samedi après-midi. Ainsi la commode massive, vraiment massive était faussement vieille et parfaitement fleurie.

Je les entendis rire dans les escaliers.

C'était en observant la présence encombrante de cette commode et alors que je cherchais à formuler précisément de quoi cette présence était la métaphore, que j'ai repensé au plombier, à sa bonhomie, à son accent et surtout à sa merveilleuse photographie.

Je repris le cliché dont je relevai une nouvelle fois la puissance évocatrice et la force du point de vue. Rien ne s'était dilué, la photo était toujours aussi fascinante. J'ai posé l'image sur la commode et j'ai appelé Robert Boulay.

Il ne comprenait rien à mon histoire de photographie. Plusieurs jours étaient passés. J'insistai, je lui rappelai son intervention, le vingtième arrondissement, le joint (« Mais monsieur, des joints dans le vingtième, j'en change sept par jour ») et alors que notre discussion s'enlisait, je sentais monter un trouble. Je ne retrouvais pas le petit accent. Je ne pouvais dire si la voix était autre, mais l'accent, j'en étais sûr, ainsi qu'une charmante raideur surannée dans la syntaxe avaient disparu. Je lui en fis la remarque. Il comprit immédiatement.

– Ah ben oui ! C'est mon beau-frère.

– Comment ça votre beau-frère ?

– Il me donne un petit coup de main de temps en temps pour les urgences, c'est lui qui a dû venir vous dépanner. Il s'appelle Ryba, Mirek Ryba. Je vous file son numéro.

Mirek Ryba, voilà un nom qui sonnait enfin tchèque à mes oreilles bien que je ne sache rien des Tchèques et de la Tchéquie, à part le nom d'un ancien président moustachu et celui d'un décathlonien – il m'apparaissait que le son [èk] du prénom, rappelant en cela le nom du pays, valait comme gage. Il fallait bien que Constance, Hortense et France soient françaises. Se pouvait-il que tous les brouillards de ma vie se dissipent à l'impulsion de ce Mirek, car, pour une fois, la logique imposait un ordre ? Je pouvais commencer à assembler le puzzle : le beau-frère qui s'était exilé en France avant la Révolution de Velours de 89, caché dans le coffre d'une voiture d'apparatchik pour échapper à la morgue communiste remplaçait le beauf à l'occasion et avantageusement même avec ses mains d'or qui ne s'étaient révélées à lui qu'après des études avortées en marxisme-léninisme, recalé pour pessimisme quand au *Café des artistes* on le vit abandonner une partie d'échecs au huitième coup à peine, un recueil des *Fleurs du mal* dissimulé dans la poche râpée du blazer trop grand de son père.

Cette affaire prenait des proportions qui me plaisaient. Et tout en tripotant la photographie sur fond de commode (patinée artificiellement et fleurie) j'appelai Mirek (Boulay) Ryba. Il me répondit à la première sonnerie et je reconnus immédiatement les traits bien-aimés de mon plombier préféré : politesse, syntaxe, accent (très léger).

– Voilà, j'ai retrouvé une photo dans ma cuisine après votre intervention. Je crois qu'elle vous appartient.

– Oui, c'est la mienne ! Merci ! Vous n'imaginez pas le plaisir que vous me faites... Je vous remercie du fond du cœur. Puis-je venir la chercher ?

Je lui communiquai mon adresse, mais c'était inutile, il se souvenait très bien de moi. Il passerait dans l'après-midi.

## 5
## MONSIEUR RYBA

Ma curiosité montrait ses muscles désormais. L'enthousiasme dont Mirek Ryba avait fait preuve au téléphone révélait l'importance de la photographie, importance affective pour le moins qui ne contredisait en rien ce que je croyais être la valeur objective de l'image.

Je restais persuadé qu'elle était l'œuvre d'un artiste.

J'ai passé la journée à attendre Ryba comme on attend un ami que l'on n'a pas vu depuis vingt ans. J'avais rangé tout ce que je pouvais ranger. Je découvris à l'occasion de nouveaux objets de Pauline, des choses qui, j'en étais absolument certain, n'étaient entrées qu'après le décret du *petit break*: un classeur à fichiers noir fermé à clef, une télécommande neuve et un peigne (je ne l'avais jamais vue se peigner, elle utilisait toujours sa brosse nacrée). Mais tout cela me parut secondaire tant j'attendais Ryba et la révélation du mystère de la photographie. Je me penchais toutes les deux minutes à la fenêtre pour devancer l'arrivée du faux plombier tchèque. J'y mettais une ardeur inquiétante. Il y avait peut-être dans cette fascination soudaine quelque chose de l'ordre de la compensation, une réaction chimique souterraine à l'ordre du *petit break*. Des réflexions que j'étais alors bien incapable de formuler. Je voulais savoir et j'attendais, voilà tout.

Il était là. Nom d'un chien! J'allais enfin éclaircir ce mystère.

Mirek Ryba pensa sûrement que j'allais lui rendre la photo, comme ça, sur le pas de la porte, mais je l'invitai à entrer. Il s'essuya longuement les pieds sur le paillasson puis retira ses chaussures tout en s'excusant. Je tentai de le mettre à l'aise et l'attirai jusqu'au salon où sur la table reposait la fameuse photographie. Sa réaction trahissait le plaisir sincère qu'il avait de la retrouver. Je fis couler du café pour l'empêcher de me fausser compagnie.

– Monsieur Ryba, je dois vous avouer quelque chose.

Il resta interdit.

– Je suis tombé amoureux de votre photographie. Je ne saurais dire pourquoi. J'aimerais vous demander une faveur. Dites-moi, s'il vous plaît, tout ce que vous savez sur ce cliché.

Il sourit, rassuré.

– Je ne saurais vous aider pour le photographe. C'est vraisemblablement un photographe tchécoslovaque. Le cliché a été pris à la piscine de ma ville natale, Blednice, une petite bourgade de Moravie. Vous voyez là, on reconnaît clairement en arrière-plan le bâtiment. C'est en République tchèque. Ce que je peux vous dire également, c'est que la femme au premier plan est ma mère. C'est la seule photographie qu'il me reste d'elle.

Moi qui avais vu dans cette photographie une œuvre d'art, j'étais renvoyé à ma légèreté, pour lui, c'était une image d'une valeur inestimable.

Je lui resservis du café et il me raconta l'histoire tragique de sa mère, disparue en 1977 sans laisser la moindre trace. Il n'avait jamais connu son père et avait été élevé par ses grands-parents après cette étrange disparition. On lui avait dit qu'elle s'était exilée et qu'elle l'avait abandonné « par commodité ». C'était des choses qui arrivaient. Ses grands-parents n'avaient jamais cru à cette version, mais ils ne lui exprimèrent leurs doutes que bien plus tard : ils l'avaient élevé dans l'espoir qu'à sa majorité, il pourrait la retrouver quelque part en Europe, en Amérique. Quand il avait rejoint la France en 88, il avait entrepris des recherches qui le menèrent jusqu'au Canada où il avait suivi une fausse piste. Il y avait consacré deux ans de sa vie, avait appris rapidement le français et l'anglais pour faciliter toutes ses démarches.

Il approcha sa chaise de la table et tout en regardant tendrement le cliché :

– Aujourd'hui, monsieur Solveig, j'ai acquis la quasi-certitude que le régime l'a fait disparaître.

Il laissa passer un ange, la chaudière en profita pour se mettre en route avec son petit craquement d'allumettes caractéristique.

Mirek Ryba reprit de bonne grâce, s'enfonçant dans les détails. Il ignorait pourquoi il me racontait tout cela. Elle n'aurait jamais pu abandonner son enfant et ses parents. « Cela n'était pas elle, vous comprenez. » La police secrète savait éliminer les corps réfractaires et politiquement impurs du système. Selon lui, sa mère avait entretenu une vague correspondance avec Anna Chaloupková, signataire de la charte 77. C'était une pétition rédigée par des dissidents qui rappelaient au régime les principes de la Déclaration des droits de l'homme. Ceux qui signaient cette charte voyaient leur vie brisée, on les envoyait en prison et on empêchait leurs enfants de faire des études.

– Vous savez, une telle plaie ne se referme pas, mais on apprend à vivre avec. Quelques années après la Révolution de 89, lorsqu'ils ont ouvert les archives de la police secrète, c'était déjà trop tard pour moi, je ne me sentais plus capable d'accueillir une autre vérité que celle que je m'étais construite.

J'étais abasourdi. Je pris une expression de circonstance mêlée de compassion et d'excuses pour cette compassion déplacée. Il s'empara de la photographie, la glissa avec précaution dans sa sacoche, enfila ses chaussures, me remercia une énième fois et sortit en un éclair.

Je le rattrapai entre deux étages :

– Rappelez-moi s'il vous plaît le nom de votre ville de naissance.

– Blednice. B.L.E.D.N.I.C.E. C'est en Moravie.

## 6
## FUIR EN MORAVIE ?

La chose me tentait bien. Ma vie parisienne ressemblait à ces vieilles vestes tellement usées qu'on n'ose même pas les donner aux bonnes œuvres. Pauline me torturait, le boulot me vidait. L'horizon me manquait. Je ne pouvais rester sans réagir et regarder ma vie se déliter, mais la Moravie, tout de même... Qu'allais-je faire là-bas ?

Je vérifiai l'emplacement du patelin sur la carte. Pas de surprise, c'était quelque part entre Prague et Bratislava, c'est-à-dire pour celui que j'étais à l'époque, à peu près nulle part.

J'hésitais.

Je vis alors sur le bord de l'étagère, un petit dé rouge, très simple, taillé dans un bois bon marché. Je l'avais trouvé un jour devant l'entrée de l'immeuble. J'avais pensé accrocher un mot sur le panneau de la copropriété. Et puis ce n'était qu'un dé. Il a trouvé sa place sur l'étagère avec d'autres objets perdus du quotidien, morceaux de choses et bouts de trucs inutiles que l'on garde pour ne rien avoir à décider.

Et c'était justement lui qui allait déterminer mon avenir en me lavant de toute responsabilité.

Pair je reste, impair je pars.

J'ai pris le petit dé rouge et je l'ai jeté sur la table du destin.

Trois !

Le soir même, j'ai acheté un aller simple pour Prague, j'ai imprimé la photographie de mon plombier et j'ai préparé mon sac.

Le lendemain, j'étais à Blednice, Moravie, République tchèque.

# INTERLUDE

Observons quelques instants Ota et Pavel s'éloigner de l'étang aux carpes-amour.

Déboussolés par ce qu'ils venaient de vivre, ils se trompèrent aux abords du grand noyer, se perdirent et rallongèrent leur retour de deux kilomètres, abasourdis et mornes. Pendant tout le trajet, ils n'ouvrirent pas la bouche. Leur âme se rapprochait de la ville en suivant deux lignes parallèles sur un gentil faux plat descendant.

Ota avait vu les carpes de près, il tentait de débrouiller ce qu'il s'était passé et définir la sensation étrange qu'il avait ressentie pendant le combat dont les poissons étaient sortis vainqueurs. Il avait éprouvé une force inquiétante qu'il se refusait à qualifier de magique, mais n'était-ce pas tout simplement le cas ? Le seul fait de se poser cette question qu'il aurait balayée en toutes autres circonstances d'un rire gras suffisait à le perturber. Sceptique de nature, il ne savait que faire de cette matière ésotérique qu'il n'osait toucher que du bout de la pensée. Mais plus il s'éloignait de l'étang, plus le doute se dissipait et il finit par se demander s'il n'était pas devenu un peu con.

Pavel, lui n'avait pas fait mieux à la ligne que son pote, mais il n'avait pas touché à l'épuisette et il se rassurait en incriminant Ota qui n'avait plus la main d'antan. Oui, s'il avait été plus prompt et si c'était lui qui avait livré bataille au cœur de ce satané plan d'eau, on n'en serait pas là. Mais il sentait que ces pensées visaient plus à l'apaiser qu'à le convaincre.

Une fois sur la route principale, ils filèrent comme deux marionnettes sur des rails moroses en direction de la brasserie *Les Belles Pertes*. Lorsqu'ils virent la devanture de l'auberge, ils se sentaient déjà mieux, mais ils ne trouvèrent le réconfort attendu que face à leur première bière.

Autour d'eux, on retrouvait tout ce que le lieu avait d'habitués. Il y avait là Egon le cocu, avec Anna, sa femme, qui appréciait la bicyclette plus que de raison. On comptait également Josef le mécanicien, Miroslav le photographe clochardisant, Vitězslav le potentat de la ville entouré de deux nouvelles poulettes à l'accent faussement pointu dont il ponctuait les phrases, par un art consommé de ventriloque à l'aide de petits couinements qu'il provoquait en pinçant le bas des fesses de ces demoiselles et comme elles ne couinaient pas sur le même ton, le potentat égayait la salle d'un allegro de cantate à deux voix dont seuls les Moraves ont le secret. Tout au fond, on retrouvait Karel, le chauffeur routier qui ne passait qu'une semaine en ville et se mettait en une soirée dans le gosier ce qu'il ne pouvait pas trop se permettre le reste de la semaine et comme il avait l'alcool joyeux, il fallait souvent s'y mettre à trois ou quatre pour le raccompagner. À la table qui jouxtait celle de nos deux compères s'ennuyait Bohumil : moustache en filament, crâne d'œuf qui dépassait d'un nid de cheveux quand il ne portait pas sa fameuse casquette rouge qui perdait de l'éclat à chaque lavage jusqu'à revêtir, disait-on, la couleur d'un cul de babouin. Au premier trou, il en achetait une autre. Journaliste de formation, il s'était spécialisé dans l'histoire locale qu'il arrangeait à sa sauce en écrivain contrarié. Chaque mois, il rédigeait des chroniques colorées qui meublaient le vide des jours transformant la moindre célébration en carnaval épique. Sous sa plume, de banales chutes de neige devenaient des calamités apocalyptiques. Quand certains soirs, il se retrouvait sans objet d'étude, il jouait au greffier des discussions de brasserie, et parfois, dans ses moments de faiblesse, il considérait que c'était là, peut-être, sa plus belle œuvre.

Tout ce petit monde se relayait à la tireuse à bière à laquelle les cent dix kilos du patron, Milan, semblaient vissés – il ne quittait son comptoir que pour uriner et fermer le café.

Pavel en recommanda deux. Les amis se sentaient mieux au milieu de cette faune familière. Ils alternèrent les petits verres d'alcool de prune et la bière se ravitaillant de plus en plus souvent auprès de Milan.

Au bout de deux heures, on était bien.

Quand Bohumil l'historien se rapprocha d'eux, ils avaient presque oublié leur mésaventure.

– Ça a mordu aujourd'hui ?

Ota se tourna vers Pavel qui le lui rendit bien. Les deux noyèrent le poisson : « Oui, pas mal, enfin pas autant qu'espéré, mais enfin pas mal. Et toi ? Et toi ? »

On commença à s'amuser un peu, à se distribuer les petits potins, on se moqua des cornes d'Egon quand il sortit derrière sa femme en portant sa misère, tassé par une demi-douzaine de sacs estampillés des meilleures boutiques de la ville. Mais plus les bières et les petits verres d'eau-de-vie se vidaient, plus ils sentaient qu'il fallait que ça sorte. Et c'est Ota qui, désinhibé par l'alcool, lâcha la bombe :

D'abord, les carpes-amour !

Ensuite, l'étang hanté !

Personne ne put dire si c'est la première proposition, la deuxième proposition ou la conjugaison des deux qui déclencha un tel rire chez Bohumil, mais ce rire glissando du plus grand mystificateur de la région leur déchira l'âme. Ota se jeta sur l'historien pour l'étrangler alors que Pavel bascula dans la manœuvre et se coinça savamment les membres dans les différents pieds de chaises, de tables et de clients. Malgré l'offensive d'Ota, Bohumil continuait de rire de ce que l'on appelle un rire étranglé. Ces amabilités dévissèrent enfin de derrière son comptoir le mètre quatre-vingt-dix-sept et les cent dix kilos de Milan qui eurent raison des deux turbulents, Pavel toujours aux prises avec le ras du sol ne comptant que pour du beurre.

Tout se régla avec une fausse tournée du patron que ce dernier répartit en douce sur les notes des clients les mieux alcoolisés. Il fallut plusieurs minutes pour débrouiller Pavel et le décoincer de dessous la table. Finalement, tout le monde s'embrassa. Bohumil avait ravalé son rire moqueur. Il voulait être de la partie le lendemain, par curiosité, mais surtout par conscience professionnelle. Si les carpes-amour étaient de retour dans la région, il se devait de poser le tampon de la science pour en attester. Dans un moment d'égarement, il se proposa même de porter le matériel, argument auquel nos deux compères accordèrent leur sensibilité. Ils n'eurent pas la lucidité de se demander ce qu'écrirait Bohumil si la même mésaventure se reproduisait devant les yeux du chroniqueur.

Quand Ota et Pavel rentrèrent, il n'était pas si tard, on entendait à peine quelques crapauds célébrer le début de la nuit. On se disputa amicalement pour savoir qui allait border l'autre.

# DEUXIÈME PARTIE

## 8
## BLEDNICE

Le *petit break*, la commode fleurie, et la rencontre avec la photographie de la mère du faux plombier tchèque m'avaient convaincu de l'emprise du hasard sur la logique et j'emportai avec moi le dé pour m'aider à prendre certaines décisions.

J'étais déterminé à bouleverser ma chienne (un caniche nain) de vie.

Je laissais derrière moi une foule de problèmes insolubles. Avant de décoller, j'avais fait de nouveau parler le dé qui m'avait alloué l'hôtel sur la place centrale plutôt que la pension à l'écart.

Quand je suis arrivé à Blednice, je me suis senti porté par un vent de liberté. J'étais ravi que personne ne m'attende, même pas la réceptionniste de l'hôtel qui chercha de longues minutes sur son écran ou dans des cahiers cornés si elle ne trouvait pas quelque chose qui ressemblait au nom de Paul Solveig. Je l'observai avec des yeux d'entomologiste bienveillant, elle était la première Tchèque à qui j'adressais plus de cinq mots et le petit tatouage de papillon qu'elle faisait voler entre son pouce et son index en fouillant, tournant et retournant des feuilles m'annonçait comme un printemps secret que j'étais le seul à pouvoir interpréter. Contrariée, elle finit, presque de mauvais gré, par m'octroyer une chambre dans cet hôtel qui paraissait pourtant bien vide.

Blednice se présentait comme une petite bourgade en apparence tranquille à trois heures de train au sud-est de Prague ce qui suffit ici à se retrouver de l'autre côté du pays.

Les brèves recherches que j'avais menées avant mon départ ne m'apprirent que peu de choses : 11 000 habitants, une place, des églises, une synagogue, un musée sur l'histoire locale, une salle des fêtes et un cinéma. Des villes comme ça, le pays devait en compter une flopée et je me réjouissais à l'idée d'écarter le rideau de cette apparente banalité qui serait pour moi le spectacle d'un Nouveau Monde.

Je vécus ces premiers pas comme une aventure extraordinaire qui bercerait mes vieux jours au coin du feu sous une couverture à carreaux, idée ridicule que je balayai vite. Il me semblait cependant que ce saut dans le vide, aussi absurde qu'il paraisse, était la première véritable décision que je prenais depuis des mois. C'était comme si je sortais d'un marécage. Je me sentais déjà mieux.

À Prague dont j'avais volontairement boudé les beautés, j'avais choisi le train qui offrait toute la liberté à laquelle j'aspirais. Les charmants paysages tchèques (et moraves !) se déployaient comme une main qui invite. La grammaire en était simple et ressemblait à un dessin d'enfant sage : petite colline bombée à la courbe douce et aimante comme un mamelon mature contre le galbe duquel se lovaient des jolis bois de conte de fées à proximité d'un village dominé par le bulbe d'une église baroque. À tout moment, je m'attendais à voir surgir le petit chaperon rouge et son panier. Tout autour pour étancher la soif de cette femme allongée étaient disséminés en réserve de petits étangs accueillants qui reproduisaient des fenêtres de ciel pour les canards rieurs et les hérons stoïques, ces vaches d'eau qui regardent passer les trains. Lentement au cours du trajet, la beauté du pays se diffusa en moi. Loin du spectacle publicitaire des rivages criards, la campagne tchèque s'offre en douceur et ne ment pas. Aucun rimmel ne coule quand il pleut. J'avais l'intime sentiment que chacun devait y retrouver un fragment oublié de son enfance.

Les premiers jours, je ne fis pas grand-chose. La photo en poche, je sillonnai la ville et les environs sans interroger personne. Je voulais profiter de ces moments de découverte. Très vite, je pris mes repères. La place, la petite chapelle, la gare, la cheminée de l'usine. Que Paris était loin ! Quelques poignées d'habitants coloraient les rues de Blednice qui dégageait une assurance tranquille, une force même qu'elle tirait peut-être des vignobles qui l'entouraient. J'avais besoin de temps pour mieux connaître la région. La langue n'était pas encore un problème : je parlais anglais aux jeunes, allemand aux vieux, avec les mains et les pieds aux autres.

Peu à peu, je dessinais les contours d'une liberté nouvelle qui nourrissait une intention de plus en plus ferme de m'installer à Blednice pour quelques mois, le temps au moins de me refaire la cerise et de jeter toute la lumière sur la disparition de madame Rybová, la mère de mon faux plombier préféré. J'avais assez d'économies pour tenir des mois.

Trois jours à peine après mon arrivée, j'ai envoyé ma lettre de démission. J'eus le plaisir doux-amer de constater qu'elle ne posait aucun problème. On retrouverait sûrement un programmeur plus jeune et moins cher.

Voilà, me dis-je en trempant mes lèvres dans une magnifique bière blonde, il est temps de lancer l'enquête.

# 9
# LE NEM GÉANT

Il me fallait établir un programme de recherches. Je commençai par faire le point sur ce que je savais : en informatique, on appelle cela les *data*. On verra plus tard pour l'algorithme.

De face, les données semblaient minces, mais à bien y regarder de profil, un petit ventre bombé s'avançait. Je savais que Rybová avait disparu en 1977 et que Ryba s'était exilé en 1988 autour de sa majorité. On peut donc en conclure que Ryba avait fait une entrée dans notre délicieux monde de guerre froide aux environs de l'année 1970. Ryba aurait la cinquantaine ce qui colle parfaitement avec l'évaluation physique que j'avais faite de ses mains d'or, ses rides frontales et des trois petits plis verticaux au niveau du tragus de l'oreille. Si l'on considérait que la fenêtre de tir la plus vraisemblable pour une femme de cette époque d'accoucher se situait entre 18 et 40 ans, on pouvait supposer que Rybová aurait entre 68 et 90 ans si elle était encore vivante. Elle avait donc disparu entre 25 et 47 ans. Sur la même base de suite arithmétique, l'âge des grands-parents $U2 = U1 + 18$ et $U2' = U1' + 40$, on arrivait à une fourchette de vieux à très vieux soit entre 86 et 130 ans.

Je savais que Ryba avait été élevé par ses grands-parents et même si la chance de les retrouver vivants était mince, je me devais d'essayer. J'ai imaginé la difficulté que j'aurais alors à leur expliquer ma démarche, criant dans leurs oreilles bouchées par des années de saucisses au plutonium, dans un allemand de lycéen (j'étais le meilleur) français (ce qui pousse à la modestie) que j'étais un dissident de l'Ouest et que je recherchais leur fille disparue depuis quarante-trois ans, que l'idée m'en était venue après avoir fait changer le joint d'un robinet par les mains d'or de leur petit-fils Mirek. Dans le cas probable où les grands-parents n'étaient plus, je pouvais au moins essayer de retrouver l'endroit où ils habitaient et interroger les voisins. Il devait bien y avoir quelqu'un qui se souvenait de Rybová. Voilà pour la première piste.

Je savais également qu'elle allait à la piscine municipale et que même un bonnet C lui aurait imprimé une pression fort désagréable sur la poitrine.

Enfin, je savais qu'elle avait nourri une vague correspondance avec une dissidente du nom de Chaloupková. Je gardai cette dernière piste pour les moments de désespoir, car je sentais qu'elle m'aurait mené trop loin de Blednice or je n'aspirais qu'à rester là où j'étais, aux franges rassurantes de la bonne et douce société blednicienne.

Je n'avais pas grand-chose d'autre. Le compas du profil psychologique faisait le grand écart : entre la mère indigne qui abandonne son fils et la pasionaria martyre se distribuent toutes les nuances de l'humanité.

La piste du photographe s'avançait dans un quasi désert. Il devait disposer d'un matériel rudimentaire à en juger par le piqué de l'image, matériel qu'il utilisait de manière originale, perçante, unique. Il complétait son geste photographique d'une retouche picturale en colorant par une technique qui m'échappait certaines zones du cliché et notamment l'arrière-plan et en surlignant d'un trait de stylo les courbes trop molles. L'image idoine se place dès lors entre la photographie et le dessin. Le cadrage inhabituel, le sujet étant largement décadré, finit d'en faire un artiste qui se méfie d'une conception normée de l'art photographique. Son approche si originale, identifiable entre toutes, me donnait l'espoir, s'il n'était pas une gloire locale, qu'au moins certains Bledniciens le connaissent et puissent orienter mes recherches.

Les données étant posées, je pouvais me lancer dans l'algorithme : Faire la liste de tous les Ryba et Rybová des alentours et tenter de retrouver les grands-parents ou un membre de la famille. Localiser leur logement et quadriller le voisinage. Montrer la photo autour de moi en ciblant les gens de plus de cinquante ans en espérant que quelqu'un reconnaisse le sujet ou le photographe. Voilà pour les premières semaines.

J'ai demandé à la réceptionniste comment consulter un annuaire tchèque. Elle me pria de régler ma note auparavant. Les jours qui filaient lui donnaient cet air grave des médecins qui vous annoncent une blennorragie, gravité que le papillon tatoué sur le triangle entre son pouce et son index contredisait. Mais il n'y avait pas que le papillon et je remarquai qu'elle s'était fait tatouer une phrase sur la face interne de l'avant-bras qui était recouvert d'un film transparent comme un nem géant. Les lettres esthétisées déformées par les cicatrices et le film étaient illisibles. Je sortis la carte bancaire et elle se détendit d'un coup comme lorsqu'après avoir atteint le point le plus bas, l'élastique rappelle le sauteur vers la nacelle. Tout cela valait mieux que le gros *FUCK!* que je cachais à l'intérieur du poignet, imbécile preuve d'amour que Pauline m'avait demandé une nuit plus agitée que les autres. Elle préférait cela à son prénom dans un cœur percé d'une flèche. J'avais poussé la blague jusqu'à l'absurde.

# 10
# MÍLO

Dans les films des années 80, on ne remarquait jamais – c'était tellement banal – assoupis près du téléphone, deux gros livres blanc ou jaune qui répondaient au doux nom de « Bottins » : le blanc associait la liste de tous les habitants d'un département à leur numéro de téléphone (les enfants taquins pouvaient remplir leurs mercredis après-midi en appelant monsieur Canard et faire « coin-coin » avant de raccrocher), le jaune, plus épais, servait dans les commissariats à faire avouer les prévenus. Je ne sais pas quand ils ont disparu, j'ignore s'ils ont jamais existé en République tchèque, mais pour la première fois, ils me manquaient cruellement.

Après avoir sollicité l'aide de la réceptionniste et du guichetier de la Poste, je décidai de parcourir les entrées et les interphones des rues aux abords de l'hôtel en attendant de trouver une solution plus efficace. Cette activité rébarbative me permit de me familiariser avec les noms tchèques. Je trouvai une bonne demi-douzaine de Horák, Horáková, Horákovi, des Novák bien sûr, des Procházkovi, mais pas le moindre Ryba à attraper.

J'ai passé ainsi deux heures à écumer les entrées d'immeuble, répondant toujours bêtement « non, non » quand on me demandait si je cherchais quelqu'un, m'éloignant peu à peu du centre en direction des grandes barres H.L.M. dont les vastes panneaux d'interphones, à chaque fois, excitaient tous mes espoirs. Je parcourais les listes avec une avidité curieuse qui aurait inquiété n'importe quel agent de la police secrète aux basques de l'impérialiste français. Mais le mur était tombé et l'on s'ennuyait un peu.

Je finis par me lasser aussi et je décidai de rejoindre le centre, jetant un dernier regard à des immeubles que je trouvais bien proprets à défaut d'y avoir trouvé des Ryba. Je me sentais un peu bête et il fallait bien admettre que pour l'instant j'étais un piètre détective. Mais j'avais le temps, des mois s'il le fallait, et le temps nous autorise ce que le talent nous refuse.

Je fis un calcul simple : en deux heures, j'avais vérifié à peu près quatre cents appartements. À raison d'un logement pour deux personnes en moyenne, il me restait cinq mille logements à couvrir. Il ne me faudrait pas plus de trente heures pour passer au crible tous les interphones de la ville à condition de procéder avec méthode. J'occupai le reste de la journée à répondre à quelques courriels et à bouquiner tranquillement.

Le lendemain, je recommençai mon petit jeu dans une autre direction. J'étais mieux organisé cette fois-ci. M'étant procuré une carte de la ville et un feutre rouge, j'avançais méthodiquement, repassant les rues que j'avais empruntées. Je sentais que ma démarche intriguait les habitants et je subissais de plus en plus de questions – je m'y ouvrais bien volontiers désormais et j'en profitais pour embrayer la discussion, dégainer la photo et lâcher mon Ryba.

Mon enquête sortait un peu de l'ombre, s'assouplissait dans ce nouveau quartier qui, à distance de la grande place, semblait vouloir concurrencer le centre en proposant une autre ville dans la ville.

À force de me cogner le nez au mauvais côté des portes, j'ai fini par fantasmer les intérieurs. À quoi peut bien ressembler un salon tchèque ? Ma curiosité me poussait de plus en plus à violer par des regards furtifs les fenêtres des rez-de-chaussée. Je captais là dans ces bribes arrachées à l'intimité des habitants quelque chose d'un bonheur bien rangé sur l'étagère, pas mieux pas pire que chez nous, signes rassurants pour les actionnaires de la firme suédoise. À ce jeu, je prélevais des fragments inégaux : des siestes profondes, la construction d'un avion en balsa, une scène de ménage, un grand masturbateur, des dizaines de téléspectateurs sous le regard confiant d'un petit moulin en plâtre ou d'un chien empaillé. Rien de déterminant à l'exception de ce couple de contorsionnistes qui dansaient dans leur salon en se passant artistiquement une poêle à frire remplie d'une sauce blanchâtre qui participait par ses glissades sur le téflon à l'étrange chorégraphie.

Il y avait au bout d'une rue un petit immeuble ancien qui avait été délesté sur sa gauche de son compère dont il ne restait de la démolition que le carrelage bleu clair d'une salle de bains, souvenir narquois arrimé au mur mitoyen. La zone était entourée par des palissades qui jouaient assez mal leur rôle de cache-misère. Elles formaient une ligne brisée qui empiétait largement sur le trottoir et aux angles de laquelle par le jeu de l'entrebâillement des plaques on apercevait un champ de gravats que l'on avait recouvert ici et là de détritus en tous genres. Au milieu de cette scénographie brute trônait, reine fatiguée d'un empire déchu, une vieille machine à laver.

L'entrée de l'immeuble offrait un petit panneau qui énonçait six noms : *Veselý, Pleskavec, Lukešovi, Ryba, Landovi...* RYBA ! Je relus plusieurs fois chaque lettre. Quelle que soit la chose que l'on cherche, que notre vie en dépende ou pas, si on la cherche depuis des heures, une allégresse nous envahit – c'est la même qui nous étreignait quand, petit, on retrouvait enfin, sous le canapé, la petite pièce angulaire de Lego sans laquelle il était impossible de terminer le bateau de pirates. Et c'était bien l'enfance que je prolongeais quand j'appuyai, saisi par une trouille absurde, sur le bouton du parlophone.

Une voix frêlement masculine me répondit. Je me suis présenté et j'ai expliqué maladroitement mon projet, mais la personne ne parlait que le tchèque (ce qui est déjà pas mal quand on considère la difficulté de la chose). Je tentai le nom du petit-fils : Mirek ! Mirek ! Mais rien n'y fit. Je cherchais depuis deux jours et je n'avais même pas préparé une phrase en tchèque. En revanche, je savais désormais qu'il y avait un Ryba, une personne d'un certain âge, me sembla-t-il, mais ce n'était pas un vieux de cent trente ans, pas même de quatre-vingt-six ans sauf à envisager les bienfaits surnaturels de l'air morave sur les cordes vocales. Oui, il y avait au moins un Ryba à Blednice. J'ai dessiné un repère sur ma carte, je l'ai pliée et j'ai regagné tout excité mon petit centre-ville. Je reviendrais mieux armé.

Le soir, je suis allé fêter ma découverte dans la brasserie qui jouxtait l'hôtel. Le lieu inspirait confiance, toutes les classes d'âge s'y retrouvaient dans un brouhaha qui recouvrait presque totalement une musique insignifiante. Je me suis installé à une grande table à l'autre bout de laquelle un couple se disputait, s'embrassait, puis se disputait de nouveau. En face, un vieux bonhomme tout rabougri qui devait se trouver en haut à gauche sur la photo de classe de Mathusalem jouait avec deux pintes qu'il faisait trinquer toutes les deux minutes comme on joue parfois seul aux échecs. Au bar, les bières s'enchaînaient au point que la tireuse crachait sans discontinuer son liquide doré qu'elle agrémentait toujours en fin de course d'une mousse abondante qui redescendait lentement ou s'accrochait aux moustaches des impatients qu'un revers de la main nettoyait. On buvait aussi du vin, du blanc surtout, ainsi que des petits verres d'alcool indistinct qui peu à peu prenaient le pouvoir sur la soirée. Je demandai à la serveuse le nom du breuvage. « Cela dépend », me dit-elle. Elle en choisit un pour moi. Une prune. C'était aussi bon que les alcools qu'on nous offre en France dans les grandes occasions, de précieux précipités coulant de bouteilles artisanales sur lesquelles des étiquettes d'écolier collées de traviole affichaient le titre générique d'« EAU-DE-VIE » et en dessous duquel des noms de circonstances avaient été barrés : ~~poire~~, ~~prune~~, ~~poire~~, abricot. Ça réchauffait pas mal la machine et dopait le volume sonore de la salle.

J'observais, ravi du spectacle, le ballet des serveurs, les clients qui se relayaient aux toilettes, les chopes qui s'entrechoquaient, les solitudes apprivoisées. Ma serveuse m'occupait un peu plus que le reste de la faune. C'était comme si elle profitait du service pour s'entraîner à une sorte de capoeira élégante. Chaque geste était millimétré. Elle avait passé l'âge des études et dominait l'espace par l'assurance d'une beauté qui avait fait ses preuves et qu'il était inutile de surligner.

Les heures défilèrent à ce régime et déjà il fallait fermer. Il ne restait plus dans la brasserie que le vieux avec ses deux pintes et moi. J'attendis quelques minutes la serveuse sous le porche d'entrée pour lui montrer la photo. C'était de ces moments où l'on regrette de ne pas être fumeur.

Elle la trouva curieuse. C'est tout ce qu'elle put en dire. Je lui ai expliqué ce que je faisais en Moravie. Elle a ri longuement, sensible à l'absurdité de la démarche. Nous avons échangé quelques banalités. Elle parlait un anglais subtil qu'elle avait aiguisé pendant une année à Londres où elle avait été jeune fille au pair.

J'appris que Ryba était un nom relativement commun en Tchéquie et qu'il signifiait « poisson », en revanche, elle ne connaissait ni le poisson en question ni le pêcheur. Il n'était pas loin de minuit, je l'avais vu cavaler toute la soirée, mais elle était encore fraîche, apanage de ceux qui ont l'habitude de vivre jusqu'au bout de la nuit. Je lui expliquai mon problème de parlophone, et je m'apprêtais à lui demander de l'aide quand un garçon souriant et apparemment athlétique à en juger par l'épais biceps qui dépassait de la portière fit klaxonner un vieux SUV qui toussait à l'entrée du restaurant. Elle eut à peine le temps de m'arracher mon prénom. Et de le traduire : « Na shle Pavle ! Au revoir Paul ! »

Elle n'avait pas pris la peine de me communiquer le sien, au restaurant tout le monde l'appelait « Mílo ».

De retour dans la chambre, j'eus la tentation de consulter mes mails et d'appeler Pauline. Le dé m'en empêcha et c'était tant mieux. J'avais l'alcool heureux. Je me suis couché en pensant à tous les merveilleux interphones qu'il me restait à découvrir.

## 11
## LE PETIT PULL DORÉ

Le lendemain, je suis retourné à la brasserie dont j'avais enfin réussi à traduire le nom: *Les Belles Pertes.* J'avais du mal à identifier ce que l'on pouvait y perdre à part son temps et un peu de dignité parfois, mais l'idée que tout cela pouvait être beau m'amusait.

L'espace était plus intime que la veille, seulement deux couples et un petit groupe de gars penchés sur leur portable dérangeaient à peine la vague musique de fond qu'un tintement de verres qui s'entrechoquent égayait toutes les deux minutes. C'était le petit vieux avec ses deux bières qu'il descendait en alternance, évitant scrupuleusement que la jalousie déséquilibre la bonne entente à table.

Mílo était là et cela tombait bien. J'arrivais au bout de ce que le traducteur en ligne était capable de m'apprendre. J'avais répété des dizaines de fois la phrase que je voulais servir à Ryba, mais rien n'y faisait.

« Bonjour monsieur, je m'appelle Paul, je suis un ami de Mirek Ryba et je cherche un membre de sa famille. Pouvez-vous m'aider ? »

J'avais écouté de nombreuses fois la traduction, j'avais ensuite inversé la fonction et je m'étais essayé au tchèque. Mais le traducteur semblait complètement désorienté (par mon accent du sud de la Moravie ?) et me proposait :

« Bon stylo, j'ai fouillé Paul, pas trop cuistre, paix poisson et cavalcade dans un petit pull doré. »

Après une trentaine d'essais, la phrase s'améliorait sensiblement sauf que malgré tous mes efforts, je n'arrivais pas à me débarrasser du petit pull doré.

Je sortis mon papier et en bon élève, je lus à Mílo de toute ma plus plate application la phrase que j'avais si longuement préparée. Le rire de mon professeur a confirmé ce que mon traducteur n'avait cessé de me répéter.

– Si j'étais tranquillement installée à bouffer des chips devant mon écran, je n'ouvrirais jamais à quelqu'un qui parlerait tchèque comme toi. Même un Rusak aurait plus de chances.

– Rusak ?

– Un Russe.

Évidemment. Je lui demandai par provocation de me traduire alors la phrase en russe.

– Moi pas parler russe, même sous torture.

Elle retourna servir quelques bières avant de revenir très vite vers moi :

– Mais ne t'inquiète pas mon Pavličku, je ne reprends mon service demain qu'à 17 heures. Le matin, j'ai à faire, mais ça nous laisse tout l'après-midi pour essayer de l'attraper ton poisson.

Elle ne pouvait pas me faire plus plaisir. J'avais désormais une alliée, une vraie (cf. la réceptionniste) et je savais qu'avec une telle assistance mon enquête avancerait au pas de course.

Pendant la soirée, un homme plus élégant que la moyenne des clients traversa la salle et vint embrasser tendrement Mílo. Fluet, sophistiqué, chevelure crantée, ce n'était pas le même que la veille, je l'aurais même situé de l'autre côté du spectre aux bornes duquel Hulk Hogan et Yves Saint-Laurent se boudaient le dos tourné. Il exhibait une pochette moussue pourpre qui tranchait avec le noir de sa veste. Des chaussures bicolores que de toute ma vie je n'avais jamais vues, pas même en magasin lui donnaient un faux air de mafieux repenti.

En deux jours et peut-être quatre minutes d'échanges, je touchais déjà à la splendide complexité amoureuse de la vie de Mílo qui devenait dès lors un intéressant objet d'étude.

Tandis que la table des garçons commençait de s'agiter, j'observais Mílo et son bougre pour tenter de comprendre le type de relation qu'ils entretenaient. L'animal faisait glisser ses mains un peu partout sur elle et notamment là où la rondeur triomphait. J'étais étonné de constater qu'elle n'affichait aucune gêne et se laissait tripoter allégrement sur son lieu de travail. On serait ailleurs dans des ambiances plus tamisées, on jurerait que la prestation est partie intégrante de la fonction. La main du bougre, entre chaque bière délivrée, revenait taxer la candeur de son service. Et pourtant, c'était étonnant, elle revenait sans relâche se recoller au mafieux repenti. Personne ne s'indignait de ce petit manège grossier qui ralentissait le service – ni le patron, ni les clients, peu nombreux il est vrai et assez occupés à se tripoter eux-mêmes.

Tout à coup, l'un des garçons de la grande table se leva violemment en faisant basculer sa chaise. Il prit son verre en vacillant comme un vieil unijambiste dans un autobus de montagne. Son t-shirt affichait le photogramme de Sharon Stone, les jambes entrouvertes dans la fameuse scène de *Basic Instinct* qu'une auréole de bière colorait salement au mauvais endroit. Ses compères le suivirent d'un même élan, crièrent quelque chose et s'envoyèrent d'un trait leur ration d'eau-de-vie. Puis il se rassit là où aurait dû se trouver sa chaise et s'écroula. D'un geste circulaire, il recommanda une tournée depuis le sol. À ce moment-là, une femme d'un certain âge entra. Blouse fleurie jusqu'aux chevilles, des cheveux qui moutonnaient sans parvenir jusqu'aux épaules, on aurait dit qu'elle avait profité de la coupure publicitaire pendant le film du dimanche soir pour venir chercher son fils. Elle traversa la salle calmement. L'histrion s'était relevé, mais on aurait dit qu'on l'avait désossé et qu'il ne tenait que par la légère oscillation que lui donnait l'ivresse. Il n'opposa aucune résistance, jeta négligemment un billet sur la table. Elle n'eut pas besoin d'articuler le moindre mot, elle lui prit le bras et ils repartirent tous les deux comme si, trop ivre pour se marier, il fallait tout annuler. Arrivé à la porte, il fit une pause et força sa mère à se retourner. Elle patienta avec tendresse. Il offrit alors à ses camarades de virée un sourire désarmant de reconnaissance : merci les gars, j'ai passé une belle soirée. Puis il baissa la tête et ils disparurent tous les deux nous laissant le souvenir d'une scène à laquelle j'assistais pour la première fois, mais qui donnait le sentiment que s'était jouée là une rengaine locale qu'ici tout le monde connaissait par cœur.

Je commençais à me sentir de trop, mais je préférai m'en remettre au dé. Pair, je reste, impair, je rentre : cinq.

Je fis un petit signe à Mílo, le bougre la taxa au passage.

– À quelle heure je passe te chercher demain ? ai-je demandé.

– C'est moi qui passerai à l'hôtel. Vers 13 heures, ça te convient ?

C'était parfait. Je la remerciai plus que de mesure, j'appuyais la galanterie française d'autant plus que l'autre se comportait en goujat, mais mon baisemain la gêna, à l'évidence bien plus que ses mains baladeuses.

Je suis rentré à l'hôtel. La chambre n'avait pas été faite. Tant mieux. J'étais content de retrouver un désordre familier.

J'avais déjà lu tout ce que j'avais apporté. Alors j'ai téléchargé le PDF de *Bel Ami*, mais l'écran me brûlait les yeux et Georges Duroy était encore dans la dèche quand je refermai le fichier. Je passai le reste de la soirée à faire des recherches sur la République tchèque, dont « l'histoire se confondait avec celle de l'Europe tout entière », lus-je dans trois articles différents. Puis lassé, je finis par commander en ligne de la vieille littérature tchèque et des romans contemporains français.

Je me suis allongé et me suis laissé border par l'ivresse qui commençait à devenir ma berceuse locale préférée.

## 12
## SUR UN AIR DE HOLLYWOOD

Mílo arriva avec une heure de retard qu'elle effaça d'un sourire. Elle arborait une salopette rose trop courte qui dévoilait une jarretière de chair au-dessus de longues chaussettes en laine qui plongeaient dans quelque chose comme des Doc Martens basses de couleur mauve dont elle aurait coupé la fameuse languette noire et jaune.

– Alors, il est où ton poisson ?

C'était une phrase qui sonnait désormais comme un refrain. L'immeuble de Ryba était à moins de dix minutes à pied de l'hôtel. J'ai montré à Mílo l'emplacement sur la carte. Elle écarquilla les yeux :

– La maison des trucidés ? Vraiment ?

Elle m'expliqua que l'immeuble avait été construit au début du XXe siècle par une vieille famille d'horlogers juifs que les nazis avaient liquidés sur place contre le mur même de leur maison. Après la guerre, tous les occupants qui se succédèrent ne dépassaient pas une année d'espérance de vie : des suicidés, des meurtres, des défenestrés, des incendies et même un jeune couple disparu dont on n'avait jamais retrouvé les corps. Plus personne ne voulait habiter là. Certains disaient que l'immeuble aurait été construit sur les ruines d'un cimetière celte, que les âmes des défunts tortureraient tous ceux qui voudraient s'installer sur leur sépulture. Puis un Praguois avait racheté l'immeuble pour une poignée de prunes sèches. Il attendit des années que les gens oublient pour en tirer un petit bénéfice, mais il mourut avant et personne n'avait oublié. On avait fini par tout démolir. Il avait fallu faire venir une entreprise de Brno. Ici, personne ne voulait toucher à ça. Mais l'immeuble qui restait avait gardé par capillarité le nom de son compère liquidé, même si autant qu'elle le sache, aucune catastrophe ne l'avait frappé.

Sur le chemin, elle m'expliqua aussi qu'elle ne s'appelait pas Mílo, mais Míla et qu'en tchèque comme en latin, tout se décline, même les noms propres. Je lui demandai comment on déclinait Paul.

– Si je t'interpelle, je dirai « Polê » ou « Pavle » dans sa version tchèque. Polê, c'est le champ, le champ que l'on cultive.

Ma foi, pensai-je, je n'aurais pas refusé un nom plus valorisant, pourquoi pas « Guépard incandescent » ?

– Et Míla ? Ça a une signification ?

– Pas exactement, avec un *i* court et un *a* long oui. Milaa, c'est « gentille », mais si on gratte un peu, on trouve la même racine qu'« aimer ».

« Aimable » quoi ou même « l'amoureuse ». Je lui révélai qu'en français, « Mis là » signifiait quelque chose comme « posé à un endroit », c'était tellement intéressant que je me gardai bien de développer.

Alors que je me gardais bien de développer, on aperçut la fameuse palissade en quinconce et le carrelage gris qui était bleu la veille et qui semblait avoir changé de couleur pendant la nuit. Il était toujours accroché au mur lépreux.

On se présenta sous le porche. Au moment où elle allait appuyer sur le bouton du parlophone, un homme sortit – petite casquette, petits yeux bridés, petite moustache, la petite soixantaine – et nous demanda ce que nous cherchions.

Je compris que c'était lui.

Ils échangèrent quelques phrases dont je ne bitai pas un traître mot, mais dont pourtant, je captais toute la substance de dénégation. Il offrait le faciès fermé du montagnard à qui on essaie de refourguer un vieux carburateur pour scooter des mers (... en kit... sans notice...) Je lui présentai ma photographie, il l'examina attentivement, mais sans succès.

– Demande-lui s'il te plaît s'il connaît le photographe, si son style lui dit quelque chose, un photographe qui dessine directement sur ses images.

Il reposa ses yeux sur le cliché comme s'il le regardait depuis un autre point de vue. Mais rien. Ils discutèrent encore pendant quelques instants. Il n'était pas de la région, sa famille était originaire d'Ostrava, en Silésie. Puis Míla se mit à rire tandis qu'il descendait les quelques marches qui rejoignaient la rue.

– Il m'a dit pour résumer qu'il ne connaissait pas d'autres Ryba à Blednice, et il a ajouté : « Et tant mieux, les Ryba sont tous des imbéciles, je suis bien placé pour le savoir. » Ça te fera au moins un exemple d'humour tchèque.

Nous restâmes encore quelques instants sur le perron, interdits, vaguement déçus. Puis je lui proposai d'aller boire un café. Elle me répondit que travaillant dans une brasserie tous les soirs, elle avait perdu le goût des longs après-midi à buller dans les cafés et qu'elle préférait se promener sur les chemins ou respirer dans les parcs. Il faisait très beau, les prémices de l'automne avaient à peine mâtiné la lumière d'une langueur impalpable.

Nous nous installâmes près de l'église de l'assomption de la Vierge Marie, modeste chapelle à la tour carrée qui dominait un petit promontoire et autour de laquelle un peu d'herbe libertaire faisait illusion. Quelques tombes collaient aux murs du bâtiment, derniers vestiges d'un cimetière que l'on avait rasé. L'endroit idéal pour lycéens en rupture qui viendraient de découvrir les *Murder Ballads* de Nick Cave. Il n'y avait pas de banc, nous nous assîmes dans l'herbe. De là où nous étions, nous pouvions profiter d'une vue agréable sur un quartier qu'une cheminée d'usine dominait comme le donjon d'un château étrange. Elle était la dernière de la ville et ne crachait plus aucune fumée, la fabrique de papier avait fermé depuis longtemps. Un couple de cigognes y avait élu domicile.

Elle me demanda ce que je comptais faire.

Je ne savais pas trop. J'aurais aimé trouver une liste des habitants de Blednice, compulser les registres. Cela devait bien exister, mais j'ignorais s'il était possible d'y accéder. Je lui dis que j'avais besoin d'elle et le double sens de la phrase m'échappa. Elle fit mine de ne pas réagir. Je remarquai pour la première fois une petite plaque d'eczéma à la base de son cou. Je sentais comme un jeu de séduction fine qui se glissait peu à peu entre nous dont, malgré l'attraction qu'elle exerçait sur moi, je me méfiais. J'avais mille fois plus besoin d'une amie que d'une amante. Elle était pour moi une occasion miraculeuse, une porte ouverte sur le pays que je ne voulais pas prendre le risque de refermer par un geste malheureux ou par les affres d'une histoire charnelle sans lendemain. Et c'est pour cette raison sans doute que je redoutais les silences.

Je lui demandai de me parler de ce qu'elle aimait. Ses yeux se mirent à briller : « le cinéma ! » Elle me demanda mon année de naissance.

– L'année du *Temps des gitans*, de *Faux-semblants* et de *Femmes au bord de la crise de nerfs*, pas un mauvais cru, mais peut mieux faire.

– Et toi, quels sont les films de ton année de naissance ?

– Moi... Ah... *Chungking express*, *Pulp fiction* et *Journal intime*.

Des six films qu'elle avait cités, je n'avais vu que *Pulp fiction*, comme tout le monde, bêtement. Puis, elle m'entretint du cinéma tchèque et de sa Nouvelle Vague en particulier, elle jetait des poignées de noms qui ne me disaient rien et que j'oubliais sitôt qu'elle les eut prononcés. Ses phrases suintaient la passion, et elle était belle à voir dans son amour savant, ses références qui dessinaient tout un territoire intime, une topographie iconique de l'âme qu'elle projetait sur le grand écran de sa conscience. Je reconnus le nom de Forman et j'essayai d'y mettre un peu du mien. Je lui parlai d'*Amadeus*, de *Vol au-dessus d'un nid de coucou*. C'était la période américaine. Elle me répondit *L'As de pique*, *Au feu les pompiers*, *Les Amours d'une blonde*.

– Celui-là, s'il te plaît, *Les Amours d'une blonde*, c'est une merveille. Il faut absolument que tu le voies.

Elle ajouta après une pause de ravissement : « Je ne sais pas si tu mérites de rester chez nous si tu n'aimes pas ce film. »

Je lui demandai comment me le procurer. Il était apparemment dans tous les tabacs, il fallait encore vérifier que le DVD propose les sous-titres anglais. Je lui passai mon portable et elle m'écrivit le titre tchèque. Ses doigts couraient à une vitesse étonnante malgré les obstacles du clavier français : *Láský jedné plavovlásky*. J'allais le voir, c'était promis.

Nous parlâmes (elle parlait et j'écoutais) ainsi de cinéma pendant une heure, des films qui l'avaient marquée, de Truffaut (elle avait vu tous les films de Truffaut), de *Jules et Jim*, son film fétiche (elle me chanta le premier couplet du

*Tourbillon de la vie* avec un charmant accent épouvantable), de son père qui avait fait de la figuration et qu'elle accompagnait jusqu'aux studios Barrandov à Prague quand elle était petite. Elle y passait des journées entières à explorer tous les recoins des plateaux, à enfiler des costumes, à jouer avec les techniciens et à se cacher dans les ombres des acteurs. Une fois, on l'avait même recrutée pour de la figuration. Elle était déguisée en fille de soubrette et devait apporter un ruban à une jeune comtesse qui se préparait pour le bal et qui devait lui reprocher de ne pas avoir apporté celui de la bonne couleur. À la fin de la scène, elle s'était mise à pleurer, elle savait que c'était pour de faux, mais la vérité du moment l'avait saisie et elle avait volé le ruban qu'elle attachait encore autour de son poignet les grands jours. Elle y avait appris la puissance religieuse du silence pendant les prises. Chaque fois qu'elle retournait à Prague, elle allait se perdre par là-bas en pèlerinage sur les hauteurs de Barrandov. Ça lui plaisait de devoir monter vers les studios, cela faisait sens pour elle. Elle me fit aussi la liste des posters qui tapissaient les murs de sa chambre d'adolescente, me cita les répliques qui avaient marqué sa vie. Elle avait chez elle un flacon d'air de Hollywood qu'un ami lui avait ramené à sa demande d'un voyage en Californie. Elle me raconta aussi ses tentatives manquées pour tourner, jouer ou assister, les heures à apprendre des textes dans les queues interminables des castings à Londres ou à Prague, et alors qu'elle me livrait le plus grand amour de sa vie, je la voyais tracer du même trait le contour banal d'une vie gâchée dans une brasserie de province, loin de ce qu'elle chérissait le plus.

Quand à son tour elle me demanda ce que j'aimais dans la vie, je me sentis pris comme un lapin dans les feux d'une voiture. Je l'avais écoutée pendant une heure et je n'avais rien préparé. Je ne savais quoi dire. La programmation était devenue un travail. Cela faisait des années que je ne peignais plus, je lisais certes, mais c'était pour moi une sorte de discipline, un yoga de l'esprit qui me purgeait plus qu'il ne me remplissait. Ma vie était vide d'art. J'avais rempli la bibliothèque de romans et de gros livres d'art que j'avais classés par éditeur comme pour mieux assurer la cohérence esthétique des couvertures (comme les imbéciles en somme), mais plus j'avais rempli les étagères de gros livres chers et luxueux, plus j'avais vidé l'art qui était en moi.

Je touchai du bout des doigts le petit cube qui dormait dans ma poche. Je le sortis, le fis rouler sur mon bras et le rattrapai avant qu'il ne tombe dans l'herbe. Je me mordis les lèvres et je répondis :

– Le hasard.

– Le hasard ?

Son téléphone sonna. Heureusement, car je ne savais absolument pas ce que j'aurais pu en dire. Elle a eu un échange bref. Elle semblait dire non en approuvant de la tête. Puis en se tournant vers moi :

– Je dois te laisser.

Elle se leva d'un bond, me salua, je n'eus pas le temps de me relever :

– Merci, à bientôt.

Déjà, elle avait disparu. Au même moment, un vent étrangement tiède remua les branches et je reçus une prune à moitié pourrie sur la cuisse.

Je restai encore une bonne heure dans l'herbe avec le sentiment de ne plus s'appartenir. Je m'assoupis même un peu. La première idée qui me vint en me réveillant était que j'étais incapable de reconnaître les oiseaux à leur chant. Et là ça se mélangeait pas mal, comme une fugue impossible.

À Paris, il y a, paraît-il, une faune très riche, des centaines d'espèces, mais on n'entend jamais que les pigeons qui chient par-dessus les gouttières. J'ai essayé de m'imaginer un Paris sans les immeubles, sans les monuments, un Paris d'avant la civilisation. Depuis la montagne Sainte-Geneviève, j'observais la butte Montmartre avec sa forêt touffue, l'île Saint-Louis et ses colonies d'oiseaux et de ragondins, la pente des Champs-Élysées que recouvre un tapis de buissons variés. Au fond, la nature banale des abords d'un fleuve. Quand j'eus reconstruit mentalement tous mes bâtiments préférés, je regagnai le centre de Blednice.

Arrivé sur la place, je vis Míla à la terrasse d'un café. Elle était avec un homme. Je ne sais pourquoi, mais je le vécus comme une petite trahison, comme si l'on m'avait lâché une petite goutte de citron dans l'œil et qui tenait davantage à la terrasse du café qu'à la présence de l'homme. Je fis un petit pas de côté pour les observer à l'abri des regards pendant quelques instants. Ce n'était ni Hogan, ni Saint-Laurent et j'étais trop loin pour lui trouver un surnom adéquat : « Le troisième homme », pensai-je. Un barbu. Ce n'était peut-être pas de l'eczéma que Míla faisait dans le cou. De là où j'étais, il m'était difficile de qualifier le type de relation qu'ils entretenaient, mais alors que je devisais en moi-même de chaconnes, de sarabandes et valses compliquées que Míla semblait danser avec la gent masculine, je vis qu'il lui prenait la main et qu'elle ne la retirait pas. Ma position était ridicule, je me trouvais dans la peau du mari bafoué et rongé de jalousie alors que je n'étais ni mari, ni bafoué, ni jaloux. J'eus l'impression que cette situation me ramenait à ce qui m'avait fait quitter ma vie d'avant et bien que je brûle de savoir comment Míla envisageait toute cette activité amoureuse, si elle avait déduit cette pratique de théories sentimentales à la mode ou si elle appliquait le programme d'un film dont elle suivait pas à pas les gestes de son héroïne préférée, malgré ma curiosité donc, je sortis de mon renfoncement indigne et je partis vers l'ouest me faire quelques interphones pour me détendre, comme on fait des pompes sous une douche froide.

Je ne la revis plus pendant plusieurs jours.

## 13
## LA COUR DE MONSIEUR VESELÝ

J'avais mis les bouchées doubles et en une semaine à peine, j'avais passé au crible à peu près tous les interphones de la ville de Blednice et toutes les pierres tombales du cimetière. On y retrouve d'ailleurs sensiblement les mêmes noms. Dans ce patelin, chacun sait que son nom est déjà inscrit sur une tombe, il n'y a plus qu'à trouver une feuille d'or pour y ajouter le prénom et les dates. Évidemment, aucun Ryba, sans quoi bien sûr, cher lecteur, vous l'auriez su plus tôt. En revanche, j'avais fait la connaissance essentielle du truculent monsieur Veselý.

J'étais entré par curiosité dans la cour d'un immeuble dont le fronton avait été remplacé par un radiateur sur lequel était allongée la sculpture bleu Klein d'une femme portant un masque de soudeur comme seule protection contre les injures du temps. La cour était habitée par un bric-à-brac saisissant de sculptures, constructions et objets en tous genres à dominante de ferraille dont des poupées siamoises qui se mangeaient les mains, une autruche en aluminium qui, par un effort de souplesse mécanique, cachait sa tête dans son propre fondement, une horloge dont une grosse langue de bœuf avait remplacé le coucou ou encore un distributeur de menottes. Un véritable musée surréaliste en plein air, d'autant plus surréaliste qu'il s'était installé là où on ne l'attendait pas, dans une petite rue protorésidentielle, légèrement à l'écart de la place d'une modeste ville de province. Mais j'étais en Moravie et, dès lors, tout était possible.

J'ai essayé quelques pas timides en direction de la cour, comme on teste du bout du doigt la température du lait. Une fois passée la porte cochère, un objet attira particulièrement mon attention : c'était un clavier de vieil ordinateur dont toutes les touches avaient été renommées « DEL ». J'enfonçais machinalement les touches qui auraient dû afficher les quatre lettres de mon prénom, quand une voix me fit faire un bond de cabri sous anabolisant.

Il était là, assis sur une chaise dans l'obscurité, à l'abri d'une grande armoire à fichiers comme on en trouvait dans les bibliothèques du siècle dernier. Je n'eus pas besoin d'aligner plus de cinq mots dans mon anglais olympique pour qu'il m'interrompe :

– Ne vous fatiguez pas, je parle français.

Je traînais à Blednice depuis assez de temps pour éprouver l'étreinte rassurante des retrouvailles avec la langue et j'ai accueilli ces quelques mots comme un fonctionnaire le dégel du point d'indice.

– J'ai vécu à Genève, suffisamment longtemps pour parler français et détester le chocolat.

Il avait l'œil rieur et un style incomparable. Sa moustache brune de mousquetaire tranchait avec ses cheveux blancs. Quelque chose déroutait dans les traits de son visage qui n'affichait aucun âge, c'était comme s'il avait été retouché sur Photoshop, plus comme l'aurait fait un auteur de B.D. qu'un chirurgien. Nous échangeâmes quelques civilités puis il me raconta qu'il n'était à Blednice que pour quelques semaines, le temps de régler les formalités liées au décès de sa mère et que ce jour-là, il lui fallait prendre une décision quant à ses œuvres de jeunesse.

– Voyez-vous ce n'est pas que je veuille m'en débarrasser, mais je ne peux pas les ramener en Suisse et ici, elles s'abîment.

Je lui proposai de les photographier et de les mettre à la vente sur Internet.

– Oui, pourquoi pas, pourquoi pas... Laquelle achèteriez-vous ?

J'ai pointé du doigt le clavier « supprime ».

– Prenez-le, je vous le donne. C'est sur lui que j'ai écrit mes plus belles lettres d'amour.

Et il se mit à rire bruyamment, découvrant à ma grande surprise deux incisives en or parfaitement repoussantes. Il prit dans ses mains une sorte de montgolfière dont la nacelle avait été remplacée par une Bible.

– Ça, je garde. Pour le salut de l'âme. C'est ma première sculpture. Malgré les apparences, ce n'est pas une œuvre surréaliste, mais un ready-made. C'est comme ça que les cathos autrichiens s'y prenaient pour rechristianiser la faune communiste.

J'étais perplexe, mais je ne l'interrompis pas. Une abeille qui cherchait visiblement à butiner sa moustache se chargea du travail. Il joua quelques instants avec elle en remuant les coins de sa bouche.

– Je vous présente Mimi, mon abeille. Elle a décidé de prolonger l'été pour nous.

Son rire libéra ses deux incisives en or dont la patine effraya vraisemblablement Mimi.

– Vous savez, tout ça, cela avait du sens à l'époque des cocos. Vous voyez sûrement ça comme des sculptures surréalistes, mais pour nous, c'était la réalité. Des ready-made, je vous dis. Vous savez ce qu'est un ready-made.

– Oui... Duchamp... la fontaine.

– Voi-là ! Et il accompagna sa validation d'un geste théâtral du revers de la main.

– Écoutez, j'aime bien votre tête, elle me fait penser à celle de mon vieil ami Miloš. Le corps non, il était beaucoup plus fort, plus imposant, en hauteur comme en largeur. Vous êtes sûr que vous ne faites pas de l'anémie ? Bref, mais la tête, je vous jure... plus je vous regarde... C'est incroyable. Je peux vous prendre en photo, on ne me croira pas sinon.

Il n'attendit pas ma réponse.

– Ne bougez pas. Je vous sers quelque chose ?

Je lui ai commandé un thé et je l'ai regardé s'engouffrer dans la cave de l'immeuble. J'en ai profité pour achever ma visite. Tout était du même tonneau. Amusant, surréaliste, mais déjà vu. Il y avait cependant derrière une vénus militaire dont le vagin se prolongeait en piste d'atterrissage pour avions-spermatozoïdes, une petite boîte en métal qui attira mon attention. On y avait soigneusement gratté quelques lettres : je déchiffrai « Naděje », terme que mon mobile traduisit par « espoir ». Je l'ouvris. À l'intérieur, il y avait des milliers de rognures d'ongles de différentes tailles. J'ai très vite refermé la boîte en réprimant un haut-le-cœur.

J'ai pensé qu'un artiste comme Veselý saurait peut-être quelque chose sur mon photographe.

Il revint avec deux tasses et un appareil photo en bandoulière. Il posa l'appareil.

J'oublie toujours que je peux prendre des photos avec mon mobile. Il sortit son portable. Il ne comptait pas visiblement me demander mon accord. Il me fallait profiter de la situation.

– Je vous autorise à me tirer le portrait si vous me rendez un petit service.

– Oui, oui, bien sûr, répondit-il sans plus de curiosité. Surtout, ne souriez pas. Miloš ne souriait jamais. C'était un con, mais je l'adorais. Attention. Non, vous souriez un peu.

Rien. La tronche, comme si on venait de vous piquer le casse-croûte. Voilà, c'est lui.

Alors que je fronçais les sourcils, je commençais à trouver tout cela un peu bizarre. La passion qu'il mettait dans ce portrait. Qu'allait-il bien pouvoir faire avec cette image ?

– Je peux vous demander qui était ce Miloš ?

– Ne vous inquiétez pas, je vous raconterai. Mais dites-moi, qu'est-ce que je peux faire pour vous ?

Je lui présentai la photographie. Son visage gagna en densité. Il prit le temps de bien observer. Il avait sa manière à lui de parcourir l'image qu'il tenait à quelques centimètres de ses yeux, accompagnant avec sa tête son regard de gauche à droite et de droite à gauche comme s'il lisait un texte qui aurait alterné une ligne en français et une ligne en hébreu. La minute passée, j'ai commencé à admirer cette capacité à assumer le silence. On a vite fait de faire semblant de regarder ou de brouiller l'observation par des commentaires inutiles. Je me disais qu'il devait y avoir un âge où l'on basculait de l'autre côté, où l'on avait plus peur des silences, d'imposer l'attente et de faire vraiment les choses. La douce théâtralité qu'il mettait en toutes choses n'était pas feinte. Il était comme cela et c'est à ce moment que je le compris.

– Magnifique !

– La fille ou la photo ?

– Les deux, mais surtout la photo bien sûr. Où avez-vous déniché ça ?

Je lui fis le topo : plombier, Rybová, disparition.

– Ce que je peux vous dire, c'est qu'elle a été prise à la piscine de Blednice, cela ne fait aucun doute. Nom d'un chien ! Un maillot de bain pareil, on est dans les années 70. À l'époque, les femmes ne s'épilaient pas les aisselles. J'aime bien ça. Et vous ?

– Bof... Et le photographe ?

– Je devais avoir une vingtaine d'années. Je produisais déjà. Je connaissais tout ce que la ville faisait d'artistes et de tordus. Si ç'avait été un photographe local, j'en aurais entendu parler. On faisait vite le tour des créateurs par ici, il n'y avait pas foule.

Il me reprit la photo des mains.

– Putain de regard ! Excusez ma vulgarité, mais il éjacule des yeux ce type – car c'est un homme.

– Vous croyez ?

Il ne répondit pas. Son regard me traita d'imbécile et me fit ravaler ma question.

– Je vais y réfléchir, nous allons trouver.

Il avait lâché cela dans une brise d'espièglerie troublante qui semblait dissimuler quelque chose. Était-ce possible qu'il sache ? J'ai rangé mon cliché et je l'ai regardé dépoussiérer un grand baromètre historique qui affichait en guise de prévisions météorologiques : démocratie, corruption, dictature, révolution.

– Celui-là au moins, il ne se démode pas... Au fait, je m'appelle Veselý. Mon prénom, c'est Jindřich, mais tout le monde m'appelle Veselý.

Il me donna rendez-vous pour le lendemain. Il devait prendre des décisions quant à ses œuvres et avec moi « dans les pattes », il n'y arrivait pas. Nous échangeâmes nos numéros de téléphone. Puis, j'ai coincé le clavier « supprime » sous mon bras et me suis retiré. Sa fantaisie à défaut de produire de grandes œuvres avait égayé mon après-midi et je me félicitais de le revoir le lendemain sans savoir à quoi m'attendre. En passant la porte cochère, je l'entendis s'exclamer :

– Oh Mimi ! Tu es revenue pour m'aider. C'est gentil ma Mimi. Ton vieux Veselý ne sait pas quoi faire avec tout ça.

## 14
## LES ILLUSIONS D'ANDULKA

Avant de rentrer à l'hôtel, je suis passé par le tabac. Le vendeur avait l'air affreusement triste. Il n'avait pas le film que m'avait conseillé Míla. Sa voix chevrotante semblait dire : « Voyez combien je suis nul, je ne suis même pas foutu d'avoir la marchandise qu'il faut, un bon à rien, j'ai toujours été un bon à rien. » J'ai acheté un paquet de cigarettes d'une marque américaine que j'avais repérée derrière le comptoir pour ne pas ressortir les mains vides et le désespérer davantage. Il n'aurait pas souffert un deuxième échec.

À l'hôtel, je me suis installé devant mon ordinateur. J'ai trouvé assez rapidement le film de Miloš Forman et j'ai fait ce que des millions d'internautes font en pensant moins aux droits d'auteur qu'au chauffage d'appoint des deux employés qui, quelque part dans une cave humide d'un ministère ou d'un commissariat, travaillent pour monsieur HADOPI.

*Le film est en noir et blanc et il s'ouvre sur un générique musical. Une jeune femme pleins phares caméra, armée d'une vieille guitare et surmontée d'une choucroute aérienne comme si les cheveux avaient pris la forme de ces casques de salon de coiffure dont je venais peut-être enfin de comprendre l'utilité (j'ai longtemps cru qu'on y passait de la musique savante pour mieux conditionner le cheveu et faire patienter les mises en plis – il faudrait d'ailleurs pour bien faire étudier l'évolution des liens entre musique et cheveu, de la crinière abondante du violoniste à la crête no futur du punk), une jeune fille donc, emmanche un rock yéyé plein d'énergie et de maladresses sur les amours compliquées d'un garçon peu élégant qui se fait rembarrer par une fille pas trop bête. Puis, changement d'atmosphère : deux jeunes filles (l'une est blonde, celle du titre bien sûr) se chuchotent des petits secrets dans un dortoir. Tout le monde pionce à part elles. La blonde montre à sa copine pleine d'admiration la bague que son petit ami lui a offerte. Ce sont de jeunes ouvrières d'une usine de confection de chaussures et sous le communisme, visiblement, on les logeait dans des dortoirs. Nouveau plan. Apparaît un Petit Patron Paternaliste (PPP, à dire sans postillonner) qui s'inquiète du peu d'hommes dans la région, absence qui nourrit dangereusement les rêveries mélancoliques de ses gentilles employées. Il a de la suite dans les idées et le voilà qui propose à l'armée (en Tchécoslovaquie communiste, les PPP élaborent des stratégies avec les officiers de l'armée) de venir faire quelques manœuvres dans sa région pour, comment dire, faciliter les échanges. Projet audacieux qui s'avérera grotesque puisqu'au lieu d'envoyer de jeunes appelés sveltes et bondissants, l'armée met à disposition ses vieux réservistes, hommes mariés en surpoids, aussi laids de face qu'inélégants de profil. Un bal est organisé. Je me suis préparé à voir quelques manœuvres grossières et je n'ai pas été déçu. À une table, on suit trois balourds qui voient là l'occasion de se payer une tranche de bonheur extraconjugal. Face à eux, à un petit jet de pierre, une table de jeunes ouvrières dont la blonde, Andula. Entre eux, la piste de danse et le PPP souriant malgré tout qui orchestre la soirée et fluidifie les échanges. Les don Juan en uniforme kaki (gris à l'image) fomentent leur attaque. Il y a un leader entreprenant et sans vergogne encadré par deux velléitaires, l'un engoncé, l'autre ahuri. Le chef propose d'offrir une bouteille de vin à distance par l'intermédiaire du serveur qui jouera le rôle que jouent les bons copains de 5^e^ quand ils vont déclarer à la place du timide l'amour trop longtemps gardé secret. Sauf que le serveur se trompe (et pour cause) et apporte la bouteille à la table d'à côté où trois laiderons attendent le cœur serré qu'on les invite à danser. Indignation du chef sans vergogne pendant que l'ahuri, lui, répond du regard et de la courbette aux mercis des laiderons (est-ce par politesse ou par attrait ?) sous les remontrances des deux autres qui ne tiennent pas à entretenir le quiproquo. Mais le chef ne s'en laisse pas conter. Il rappelle le serveur et fait corriger l'erreur. Le serveur s'exécute, récupère la bouteille dans les mains des laiderons et la dépose sur la table d'à côté, celle des jolies filles. Le chef prépare alors l'attaque et se cogne au refus de l'ahuri qui préfère rester sur place pour retirer son alliance, mais celle-ci lui échappe et après une polka entre les jambes des danseurs, elle vient mourir aux pieds des laiderons. Gêné, il plonge sous la table pour récupérer son alliance. Dans l'intimité des pieds de table, de chaises et de filles mal à aise, il fouille de manière savoureusement déplaisante et finit par récupérer son alliance, mais en se retirant, il heurte la table et renverse un verre de bière qui lui inonde le dos et la nuque. De retour dans son camp, on comprend que cela ne se passe pas comme prévu pour les pieds nickelés qui se confrontent aux réticences légitimes des filles qui se joignent de mauvaise grâce à eux. La drague est pathétique. On sait depuis le début qu'ils vont rentrer la queue entre les jambes. Ellipse. C'est la fin du bal. Ne reste plus que notre étrange attelage en pleines négociations, quelques serveurs qui nettoient les tables et le jeune pianiste qui en plaquant des accords nonchalants de décrassage bluesy tape dans l'œil de notre blonde. Les filles éconduisent de manière immature les champions en se réfugiant dans leur dortoir. Seule Andula pense échapper à l'échec et après quelques échanges de regards signifiants finit par rejoindre le pianiste dans sa chambre d'hôtel. S'il est plus séduisant, le pianiste est à peine plus adroit que les militaires. On comprend que c'est la première fois pour elle qui refuse l'obstacle que le bellâtre à force de persuasion parvient à lui faire franchir. Suit après l'acte, un moment de touchante intimité.*

*C'est l'une des plus belles séquences. Forman a de la tendresse pour ses cibles. Le pianiste, qui veut faire preuve d'originalité, annonce sans malice à sa conquête qu'elle est anguleuse. Andula lui demande d'expliquer : « Certaines femmes sont rondes comme une guitare » – il dessine de la main, la silhouette vallonnée d'une guitare – « Toi, tu es aussi comme une guitare, mais une guitare peinte par Picasso. » Elle ne connaît pas Picasso. Il lui explique maladroitement. Il finit par l'inviter de manière inconséquente à le rejoindre à Prague où elle débarque quelques semaines plus tard avec sa valise dans l'appartement des parents du bellâtre absent ce soir-là, parents qui la reçoivent fraîchement et lui font la morale. On ne débarque pas comme ça chez les gens sans prévenir et qui plus est, « avec une valise ». Après un faux départ, les parents installent finalement Andula sur le canapé. Le pianiste rentre en pleine nuit, légèrement abruti par l'alcool, il boit une grande rasade d'eau directement au siphon (j'apprendrais plus tard que sous les communistes, tout le monde possédait ce siphon dont on se sert chez nous pour faire de la chantilly, il n'y avait qu'une seule marque, tout le monde possédait le même – il avait fait plus de morts que les gros cendriers marocains que les amoureux violents se lancent à la figure) et farfouille dans les restes du dîner quand il remarque dans le salon une forme cachée sous une couette. Il s'interroge tout en vidant la casserole. Mais c'est l'heure de la vidange nocturne pour le père qui tombe sur son fils à qui il reproche d'inviter des femmes à la maison. Le fils jure qu'il ne la connaît pas jusqu'à ce qu'Andula se réveille et éclabousse la scène de son minois ébouriffé. Il la rejoint et la rassure gauchement quand la mère vient chercher son fils pour l'empêcher de consommer dans le salon. Andula jette un œil au portrait du fiston en culotte courte accroché au mur. Malice de Forman. On retrouve alors le trio familial dans la chambre d'à côté se partageant difficilement un lit pour deux. Les corps valsent pour se trouver une place, on tire de tous les côtés la couette qui dévoile qui une jambe, qui un dos dans la plus pure tradition burlesque. Le père grogne, la mère sermonne, le fils se défend pendant que la blonde de l'autre côté se rapproche de la porte et entend le pianiste jurer tous les diables à sa mère qu'il ne l'a pas invitée. Plan sur la fille en pleurs, fin de l'illusion, mais ce n'est pas si grave, elle est encore jeune semble nous chuchoter Forman. Le film boucle sur une scène de dortoir où Andula ment à sa copine en lui narrant, sur un* Ave Maria *arpégé à la guitare, son escapade et les promesses qu'elle aurait rêvé entendre. KONEC. FIN. La grâce. Une merveille.*

Je me suis couché ce soir-là rempli de cette étrange tendresse qui accompagne les spectacles qui se prolongent en nous, avec ceci de plus que se nouait par le charme du film, son esprit et sa rareté, un lien invisible et télépathique entre Míla et moi, et à travers elle avec tout le pays. Je m'endormis en pensant au jeune Forman et au plaisir retrouvé de découvrir et d'apprendre.

## 15
## LE BOUTON DU RAMONEUR

À mon réveil, un message de Veselý m'attendait (on le voit, là, le message, les bras croisés, il attend) : *Passez me voir, j'ai peut-être quelque chose pour toi.* Il avait été envoyé à 2 h 47 et la collision du vouvoiement et du tutoiement témoignait d'une évidente confusion. J'élaborai dès lors toutes sortes de théories sur la nature de ce qu'allait m'apprendre le sculpteur : de l'objet décalé et inutile à mon affaire (un maillot de bain des années 70, le même que sur la photo) à la révélation tonitruante (« Je suis ton père ! ») et cette incertitude me ravissait. Je la fis durer en me préparant le plus tranquillement du monde. J'avais gardé de ma psychologie d'élève la sensation de réconfort que donne un rendez-vous dans la journée quand il éloigne pour une raison valable la mise en route des devoirs. Et puis, je voulais éviter d'incommoder Veselý qui avait sans doute sacrifié une nuit de sommeil à sa grande entreprise de rangement.

J'errais négligemment sur la toile quand un article piqua ma curiosité : *La police tchèque enquête sur un subterfuge de « fausse frontière » érigée à l'époque communiste pour enrayer le flot d'émigrants vers l'Ouest.* Entre 48 et 51, la police secrète tchèque avait établi un simulacre de poste de frontière pour arrêter les opposants au régime. Les agents se déguisaient en passeurs et participaient à une parodie d'exil. Une fois traversée la fausse frontière, les malheureux qui se croyaient en Allemagne de l'Ouest ou en Autriche parlaient plus facilement et livraient quelques noms utiles de personnes qui rempliraient les camps. J'ai pensé à ma Rybová. J'avais besoin de prendre l'air.

Ce matin-là, la fille de la réception était de très mauvaise humeur. À mon passage, elle tapa du poing sur la table. L'imprimante se mit en marche dans un sursaut et le présentoir qui proposait diverses dégustations dans les caves alentour se répandit sur le sol. Je commençais à considérer sérieusement la possibilité que la prestation de la réceptionniste de l'hôtel fasse partie intégrante du service et que chaque jour, sous les ordres frustrés de son metteur en scène de propriétaire, elle devait me donner à voir une saynète, interlude poétique, concentré de vie qu'il valait mieux ne pas décrypter et garder comme cela comme dans une de ces boules de verre remplies d'eau et de fausse neige. Je l'ai aidée à ramasser tous les prospectus. Je vis qu'elle avait les yeux rouges et que toute sa peinture (je n'ose pas dire Rimmel) avait coulé. Elle avait libéré le tatouage de son avant-bras et je pus lire: *Love is a smoke raised with the fume of sighs. L'amour est une fumée de soupirs.* En rédigeant cette scie à métaux des réflexions sur l'amour, Shakespeare était encore loin d'atteindre l'efficacité de mon *FUCK!*

L'air était frais et il me restait une bonne demi-heure à faire couler avant d'atteindre les dix heures, heure pivot au-delà de laquelle il n'est plus inconvenant de déranger ceux qui se sont couchés trop tard. J'ai marché un peu au hasard en essayant de ne pas trop regarder les interphones, mais le pli était pris et il est parfois bien difficile de se dégager au moment où on le décide d'une discipline stricte. Mon regard se trouvait comme aimanté par chaque pâté de maisons. L'irrépressible attraction qu'exerçaient sur moi les interphones de la ville de Blednice me rappelait une autre lubie qui m'avait étreint il y a quelques années de cela – alors qu'il me fallait changer les pneus de la voiture, j'avais commencé à examiner, comme ça, tout en marchant, la marque et le type de pneus de toutes les voitures garées sur mon chemin. Cela dura de longues semaines. C'était incontrôlable, mais j'avais gardé assez de dignité pour le faire discrètement. Malgré ces efforts, Pauline avait fini par me repérer et je n'avais osé lui avouer que je les trouvais beaux ces pneus, et qu'aussi ridicule que cela puisse paraître leur texture et leur dessin m'avaient gagné l'âme au même titre qu'un Tintoret ou une sonate de Beethoven. Je compris à force de les observer que la gomme d'un pneu était aussi vivante que le bois. Il faut se pencher au moins une fois sur les magnifiques arabesques tranchées dans cette chair, voûte plantaire nocturne habillée de symétries coupées de reliefs structurés en biseau qui rejoignent en un léger arrondi la double rigole centrale articulée par une sorte de terre-plein rainuré de vaguelettes obliques qui rappellent, en plus ténus, les motifs des reliefs latéraux à l'intérieur desquels sont sculptés en fractals les fameux reliefs structurés en biseau. Chaque microcosme de rainure entre en résonance avec le macrocosme du pneu. Chaque marque est un monde. Chaque type est un pays. Et chaque conducteur sculpte un pneu unique à sa manière de tourner, d'accélérer et de freiner sur des revêtements plus ou moins abrasifs dans des combinaisons de trajets qui racontent pour chacun une histoire originale, personnelle, irremplaçable. Comme les flocons de neige, il n'y a pas deux pneus identiques. Comme l'Homme. Comme Moïse.

Il me fallut plusieurs semaines pour me débarrasser de cette horrible obsession, vaine et épuisante. C'était à ce titre, par respect pour Beethoven et Tintoret que je boudais donc les interphones, mais comme il m'arrivait encore de m'émouvoir devant un *Michelin Pilot Alpin 5* (très rare à Paris) ou d'éprouver le vertige final face à un *Bridgestone Driveguard*, mon regard se faisait harponner par un interphone *Tesla* des années 50 (mes préférés), dont la nicotine inavouable n'attendait que d'être fumée. Et c'était tellement facile, je m'approchais, me nourrissais de ces cinq lettres et caressais quelques boutons-poussoirs.

L'automne effeuillait négligemment les arbres comme une vieille bourgeoise lassée de tout. Je m'assis sur un banc duquel je pouvais observer un petit homme coiffé d'une impressionnante banane fifties ratisser patiemment les feuilles qui jonchaient le trottoir devant sa clôture. Il se dandinait comme un canard aidé en cela, il est vrai, par une dissymétrie des jambes (deux centimètres à l'œil nu), comme s'il était piloté par un vieux joystick rouillé, mais son handicap, et je le découvris à ce moment, était plutôt avantageux pour cette activité de piétinement qui, d'un point de vue strictement sportif vaut bien les lentes déambulations dans les musées.Je l'observais l'air de rien, comme seuls savent le faire ceux qui ont du temps à tuer. Ses coups de râteau s'arrêtaient exactement, presque savamment, à la limite exacte de sa clôture. Tout le reste du trottoir était recouvert de feuilles, mais devant chez lui c'était nickel et à chaque extrémité de son terrain, il avait laissé un petit tas sur lequel peut-être, à la manière des châteaux de Bohême, on voyait mieux s'approcher l'envahisseur. La banane s'engouffra dans le garage et c'est à ce moment précis qu'un garçon passa à vélo et d'un petit coup de pied aussi perfide que jouissif dégomma l'un des deux tas de feuilles, gratuitement et sans même se retourner. Le génie du quotidien m'offrait l'une de ses créations burlesques, banales et réjouissantes. J'étais avide du spectacle et j'espérai plein d'une joie coupable que le petit monsieur ressorte et s'énerve. Alors que je me délectais de cette cruauté enfantine, la banane reparut et à mon grand désespoir ne réagit quasiment pas.

Il semblait habitué. Il reprit son râteau et j'en étais pour une déception, mais c'est justement là qu'il m'étonna le plus : au lieu de reconstituer le petit tas de feuilles, il poussa simplement les feuilles chez le voisin au-delà de la limite de sa clôture. Magnifique bassesse que je savourais comme un bon vin et en cela je ne valais pas mieux que lui. Le garçon, la banane et moi, nous étions les trois acteurs d'une scène à la fois ridicule, goûteuse et avilissante. En se retournant, il me remarqua et dissimula une partie de sa honte dans le creux du bras dans lequel il se moucha instinctivement.

J'ai pensé qu'à la fin du roman le garçon reviendrait pour aider l'homme à ramasser les feuilles, idée que j'ai heureusement balayée quelques lignes plus loin.

Il était dix heures et la journée m'avait déjà bien gâté quand je pris la direction de chez Veselý, lentement, le plus lentement possible, car malgré mes précautions, j'avais encore peur d'arriver trop tôt et de le déranger. Je le retrouvai dans sa cour à l'endroit même où je l'avais laissé la veille. Rien n'avait bougé. Il semblait ne pas avoir fermé l'œil de la nuit et tirait sur une paille métallique quelque boisson qui pouvait être du maté tout en caressant un chat noir qui, comme pour se fondre dans ce décor de musée restait parfaitement immobile. Il m'était impossible de dire s'il était vivant ou empaillé.

– Ah mon ami ! Regardez ce que j'ai retrouvé.

Il m'indiqua du menton un tas de vêtements noir chapeauté d'un petit bonnet blanc que barrait obliquement une sorte de balai de toilettes qui aurait beaucoup servi. Je fis tout ce je pus pour masquer ma déception.

– Laissez-moi vous expliquer. C'était une idée de mon père pour financer la rénovation du toit de la baraque et mettre un peu de beurre dans les épinards. Sous les cocos, fallait savoir se démerder. Alors ça, c'est le génie de mon père. Il y a une vieille tradition tchèque, personne ne connaît son origine, selon laquelle toucher le bouton de la veste d'un ramoneur le jour de son mariage porte bonheur. En échange de ce service, on donne une petite pièce, parfois plus. Alors à la belle saison – on enchaînait parfois cinq ou six mariages dans la matinée – mon père enfilait son costume, se barbouillait la gueule de charbon et allait traîner aux abords des mairies. En partant le matin, il disait toujours « je vais au bureau ». Et cela marchait bien ! Croyez-moi. Il lui arrivait même de se faire inviter au banquet. C'est que du bonheur, on en a jamais de trop d'avance quand on se marie. Et il revenait ivre mort. Et heureux, lui aussi. Il avait bu et bouffé à l'œil, dansé avec la tante, fait marrer le papy. Il nous ramenait toujours quelque chose, des escalopes panées ou du gâteau, même avec deux grammes dans chaque bras.

Il dégagea ses deux incisives en or du pater noster de ses lèvres. Paille métallique. Puis :

– Je crois qu'il aimait se déguiser. Ma mère moins. Un jour, il est revenu plus tôt que prévu. En sang. On lui avait arrangé le pif et l'arcade sourcilière. Il en était venu aux mains avec un autre ramoneur des mariages qui voulait lui piquer son affaire. Pendant que ma mère le soignait, il me racontait la bagarre : « Moi, je suis un peu égratigné, mais faut voir le profil cubiste que je lui ai fait à cet imposteur. » J'adorais l'écouter ajouter des détails qu'il improvisait. À sa mort, j'ai pris la relève, on avait toujours besoin d'argent. Mais après la Révolution, petit à petit, les gens ont arrêté de donner, comme ça, je ne sais pas pourquoi. Peut-être qu'ils avaient perdu toute crédulité.

Il effaça d'un geste de la tête l'amorce d'une nostalgie. Le chat bondit de ses genoux, il était donc vivant.

– Mais je ne vous ai pas fait venir pour ça.

J'étais rassuré.

– Ça ne se voit pas trop, mais j'ai passé la nuit à faire du rangement et j'ai pensé que cela pouvait vous intéresser.

Il me tendit la photographie en noir et blanc d'une femme assise sur un banc à proximité d'un chemin. Elle était en train d'arranger l'intérieur de son décolleté comme si la protubérance mammaire se refusait à un soutien-gorge trop petit. Mais surtout, sur l'arrière-plan, on avait appliqué une couleur. Même technique, même lascivité, il n'y avait aucun doute.

– Nom d'un chien, d'où la sortez-vous ?

Veselý retrouva tout à coup un peu de sa théâtralité et prit une longue inspiration comme le font ceux qui détiennent un avantage éphémère sur vous. Il m'indiqua un ensemble de casiers qui semblaient avoir été torturés toute la nuit.

– J'ai des milliers de photos. Des photos d'amis, des expos, des œuvres d'artistes. Des cadeaux pour la plupart. Et puis il y a les miennes, comme tout le monde, quoi. Mais je vais vous faire une confession : en réalité, je n'aime pas tellement la photographie, toute cette philosophie en solde sur le temps, l'instant décisif, le rapport au réel... on n'en sort jamais rien de ce fatras. Même si je reconnais qu'il existe de grands photographes. Vous voyez, je les mets dans des casiers, pas dans des albums.

– Cela signifie qu'on n'en sait pas plus.

– Rien d'inscrit au dos, mais regardez là, dans le coin en haut à droite. Le toit de cette tour carrée. C'est l'église de l'assomption de la Vierge Marie.

J'ai cru reconnaître la petite chapelle à l'ombre de laquelle Míla m'avait révélé son amour du cinéma.

Il ajouta :

– Cela confirme qu'il sévissait essentiellement sur Blednice. D'abord, parce que la photographie ne laisse pas de doute sur le lieu, mais surtout parce que l'une d'elles a atterri dans mes casiers. Je crois que vous avez raison de centrer votre enquête ici.

– Qui vous a donné cette photo ?

– Je ne sais pas, vraiment. Un ami d'ami. Je ne me rappelle pas. Je suis un vieux monsieur, vous savez.

Un demi-sourire suffisait à dégager son trésor buccal. Il avait l'air gêné. Je ne saurais dire d'où provenait cette impression, mais j'avais le sentiment qu'il me cachait quelque chose.

– Venez, j'ai besoin d'un café, un vrai, on va aller aux *Belles Pertes*. Ils ont dû ouvrir. Vous allez me raconter votre vie, jeune homme, j'aimerais en savoir plus sur vous.

Voilà autre chose. Je n'arrivais pas à réfléchir et à débrouiller ce que la découverte de cette deuxième photographie apportait réellement à mon enquête.

Le vent avait fait son œuvre et je vis, en passant devant la maison du canard-banane, que son trottoir était de nouveau jonché de feuilles. À moins que les voisins n'aient usé de la même gentillesse que lui.

## 16
## LA PYRAMIDE DE PONZI

Il était tôt et *Les Belles Pertes* s'étiraient doucement dans un rayon de soleil sincère, dernier remords de l'été qui s'en va. Au fond de la salle, trois chaises avaient été oubliées ici ou là sur des tables, comme des coques de bateau à marée basse. La soirée de la veille avait dû être bien corsée puisqu'une rangée de verres sales cachait le serveur qui soufflait et s'activait derrière le comptoir. Pour avoir travaillé quelques semaines dans un café, je savais que cela n'arrive que rarement. Les serveurs avaient dû dégoupiller avec des habitués et étaient rentrés aussi bourrés qu'eux.

Veselý s'installa à la première table, il ne me laissa pas respirer.

– Mon petit, vous connaissez presque tout de moi, et je ne sais rien de vous.

Quoi lui répondre ? J'étais bien incapable de tout déballer comme ça, en lâchant négligemment un deuxième sucre dans mon café. Il me regardait avec une tendresse de grand-père qui rencontrerait pour la première fois un petit-fils caché avec lequel il désirait rattraper le temps perdu. Ce n'était pas le jeu d'une convention, malheureusement, ses yeux ne mentaient pas, ma vie l'intéressait vraiment.

J'étais mal à l'aise. Je ne voulais pas le décevoir, mais j'aurais préféré qu'il continue de m'utiliser comme public conciliant pour ses anecdotes de ramoneur et de montrer toutes les quatre minutes ses deux mirifiques incisives.

– Mais qu'est-ce que tu fous dans un trou pareil ? Tu serais jeune bachelier tout frais, avide d'aventures et les cheveux en pétard, je comprendrais. Mais il commence à avoir une petite barbiche poivre et sel ton bac, me trompé-je ?

Le serveur l'interrompit. Une nouvelle tronche, boutonneuse au possible, peut-être le néo-bachelier dont Veselý parlait. Il commanda deux cafés. Je l'entendis parler tchèque pour la première fois et cela m'intimida davantage. Je l'avais pris pour un doux dingue, mais je sentis, par cette simple phrase prononcée en tchèque, comme une force insoupçonnée émanant de lui. C'était comme si en changeant de langue, il avait changé de personnalité.

– C'est charmant votre histoire de plombier, mais c'est un peu difficile à gober pour une vieille sagesse comme moi.

Ces hésitations entre le tutoiement et le vouvoiement me déstabilisaient encore plus, mais je lui assurai qu'aussi bizarre que cela puisse paraître, tout était vrai.

Il jeta sa tasse sur la coupelle et commanda deux bières. Je n'essayai même pas de l'en dissuader, il me tenait le saligaud.

– Allez, dis-moi tout, je suis un peu ton grand-père, tu as rencontré une petite Morave lors d'une virée parisienne ?

Je lui ai expliqué qu'avant Ryba, je ne savais presque rien de la République tchèque, que j'ignorais l'existence de la Moravie, que pour moi le toponyme même de Blednice sonnait comme une blague, une ville de roman qui n'existe pas.

Et puis, je ne saurais dire pourquoi, à cause de son regard peut-être et du silence, j'ai changé de ton, je me suis réajusté sur ma chaise, j'ai pris l'inflexion théâtrale des confidences pour lui expliquer qu'en réalité, j'avais fait des trucs pas très catholiques, des trucs d'escrocs dont j'étais peu fier et bien que, d'une certaine manière, je sois également victime de cette escroquerie. Je lui racontais des histoires compliquées de Pyramides de Ponzi via Internet, histoires louches dans lesquelles je m'étais embarqué un peu malgré moi en tant que programmeur informatique redoutable, qu'il s'agissait de dépouiller des gens par l'un de ces systèmes d'investissements en chaîne et de parrainage que tout le monde connaît bien, mais qui, modernisé, atteignait là des summums de sophistications puisque l'argent était soi-disant investi sur le marché par une intelligence artificielle dans l'achat d'actifs compliqués qui rapportaient un pourcentage minimum à condition d'investir en chaîne sur lesdites actions et que par un effet savant de réorientation de l'épargne vers la finance doublé par le flair incontestable de l'intelligence artificielle, les actions décolleraient d'elles-mêmes, et bien que le discours soit le fruit d'un génial Machiavel, rien de tout cela, rien du tout ne tenait et parce que rien ne tenait justement on avait fait appel à moi pour donner une apparence de véracité informatique à ce château de cartes, on m'avait demandé, après une liste de compliments sur mon travail bien ficelé à un salaire émouvant, de programmer une plateforme qui, prenant en compte les vraies données de la bourse en temps réel et les investissements de la chaîne devaient faire croire à un gain suffisant pour appâter le pigeon, mais pas trop afin qu'il ne retire pas ses pseudo-actifs et lorsque j'avais compris la nature et la mesure de l'escroquerie, j'avais eu très peur, j'avais pensé à ma mère, à la prison, aux douches de la prison et alors j'étais allé tout cracher à la police, j'avais vendu la mèche, j'avais balancé contre une gentille amnistie et une étroite protection policière, mais j'avais senti que les mecs avaient déjà glissé entre les doigts des flics et qu'en réalité elle ne serait pas si étroite que cela la protection et à ce titre, il valait mieux que je ne traîne pas trop sur les grands boulevards à téter des glaces à la pistache et que j'évite de trop montrer ma bobine dans mes cafés préférés et que Blednice, mine de rien, c'était pas mal pour se faire oublier et finalement je m'y plaisais tellement que j'allais sûrement y rester un petit peu plus longtemps que prévu, quelques mois, un an, dix ans peut-être.

Au milieu de mon histoire et alors que je n'avais pas bu trois gorgées, il recommanda deux bières. J'étais trop occupé avec mon improvisation pour la rejeter. Et tout en lui parlant, je constatais que son attitude avait totalement changé. Il ne cessait de regarder à droite, à gauche, comme s'il était agacé par un insecte et je ne pouvais dire s'il m'écoutait encore et s'il me croyait. Sa moustache n'avait jamais été aussi plate. Ses incisives me manquaient cruellement. Je m'enfonçais doucement dans un mensonge aussi bête que vide d'enjeux.

Veselý avait baissé les yeux et repoussait avec l'ongle de son pouce droit les cuticules des ongles de sa main gauche.

– Tu sais, tout cela me fait penser aux pingouins.

Toujours la tête baissée, mais le regard par en dessous. Ses yeux semblaient avoir reculé de plusieurs centimètres à l'intérieur de ses globes. Il me faisait peur. C'était comme s'il sondait mon âme par le judas de mes expressions et qu'il me disait : « Pourquoi tu me parles au discours indirect, petit ? Pourquoi tu ne découpes pas tes phrases comme tout le monde ? Tu vois, moi quand je te parle, c'est simple, c'est juste une ligne de dialogue. » Puis, il releva la tête et son visage s'adoucit. Il recommanda deux bières.

– Je ne peux pas, c'est trop tôt.

– Une grande et une petite, rectifia-t-il.

Je n'ai pas encore eu le temps d'aborder le thème de la bière tchèque et c'est un point parfaitement secondaire, mais il est hors de question, pour un Français éduqué aux proportions parisiennes, de prendre le terme « petite » au pied de la lettre.

– Ma grand-mère, je l'adorais ma grand-mère, sans elle, je n'aurais jamais été sculpteur. Tu sais, elle accrochait des cravates aux arbres de son jardin et leur donnait des prénoms. Un matin, elle est montée dans le vieux cerisier pour aller accrocher un chapeau sur la plus haute branche. Une fois qu'elle a atteint la cime, elle s'est mise à clamer « lui, c'est un Monsieur ! » en montrant l'arbre. Elle s'adressait à une foule imaginaire qui se serait amassée autour d'elle, mais en réalité, elle le faisait pour moi, pour elle et pour mon grand-père qui se rinçait l'œil. Elle répétait bien fort « lui, c'est un Monsieur ! », le grand-père rappliquait et ils se marraient tous les deux. Elle devait avoir soixante berges. Un jour, je te parlerai vraiment de ma grand-mère, je lui dois quasiment tout. Eh bien, chaque année, le 1er juin, toujours le 1er juin, ne me demande pas pourquoi je ne l'ai jamais su, elle me donnait un œuf et elle me disait : « Mon petit, tu connais la règle, si tu parviens à le conserver quarante jours sans le casser, je te confierai un secret ou je t'offrirai un cadeau, ce qui est la même chose. » Elle n'oubliait jamais de dire « ce qui est la même chose ». Et alors je le prenais très précautionneusement (c'est un terme performatif qu'il faut justement prononcer précautionneusement, sans quoi on se plante) entre mes deux mains et je l'emportais dans ma chambre en pensant au cadeau, je le posais sur mon matelas le temps de lui confectionner une petite boîte à l'intérieur de laquelle j'arrangeais un gentil lit de coton. Alors je déposais l'œuf. Et tous les matins et tous les soirs, je le prenais dans mes mains malgré la peur de le casser, il fallait absolument que je le prenne, sinon cela aurait été trop facile, tu comprends. Je devais me confronter au risque et me prouver que j'étais capable d'attention, d'adresse, car, quand je l'avais dans les mains cet œuf, je sentais toute la fragilité des choses. Je te promets, j'étais encore jeune, mais je la sentais cette fragilité des choses ainsi que l'adresse et l'attention qu'elles impliquaient pour assurer leur survie. Et alors, au bout de quarante jours d'une attention soutenue et d'une tendresse toujours renouvelée pour la fragilité, je ramenais l'œuf à ma grand-mère qui m'offrait un arc avec ses flèches, un livre sur les oiseaux, mon premier appareil photo ou l'histoire d'un trésor enfoui.

Il recommanda une bière.

– Plus tard, en voyant ce film sur les manchots, tu sais. Tu l'as vu, hein ? Oui, tout le monde l'a vu. Constater la difficulté qu'ils ont à se reproduire, les kilomètres parcourus pour rejoindre l'endroit propice, les jours et les nuits nécessaires à la couvée de l'œuf sur leurs pattes, comme ça, au milieu de la banquise, ils ne peuvent même pas se fabriquer un nid, eh bien, je me dis qu'il y a des œufs plus complexes à garder que d'autres...

Puis rien. Il s'adossa à sa chaise les bras croisés.

Je cherchais un sens à son apologue tout en essayant d'évaluer s'il avait oui ou non démasqué mon mensonge. J'en avais le sentiment, mais je n'arrivais pas à en être sûr. Quel rapport pouvait-il bien y avoir entre mon histoire et les œufs de Veselý ? La honte montait en moi comme une eau sale dans une chambre sans fenêtre, et tout en fondant sous le regard du sculpteur, je me disais que j'étais loin d'avoir réglé tout ce bordel que je trimballais avec moi : les pneus, les gouttes d'eau, les dés, les petits breaks, les Fuck, et que peut-être, finalement, à bien y réfléchir, elle avait eu raison, Pauline, de couper la branche pourrie.

Après cela, Veselý régla la note et on se sépara très vite. Il était, j'en étais désormais certain, de ces hommes qui paraissent plus bêtes qu'ils ne le sont et qui, pendant que vous devisez en vous-même de leur intelligence, prennent cent mètres d'avance.

À ce moment-là, je ne savais pas si je le reverrais et si l'amertume qui me chatouillait la luette provenait uniquement de la bière. Je ne voulais pas en rester là. Je l'appréciais ce vieux, pour ses anecdotes bien sûr, mais aussi pour cette générosité naturelle que je n'avais pas et qu'il dégageait en toutes circonstances. Il y a ceux qui se jettent dans les flammes pour sauver un bébé et qui après refusent un demi-litre de lait à leur voisin. J'étais peut-être de ceux-là. Veselý, lui était les flammes et le lait.

Je me levai et le rejoignis en courant. Il n'avait pas l'air surpris de me revoir.

– Je suis désolé. Je suis un imbécile.

Il s'arrêta. Comme dans un fondu enchaîné, son irritation se retirait lentement derrière une tendresse d'instituteur le dernier jour d'école.

– Une rupture. C'est une simple rupture, je vous ai menti parce que je n'aime pas parler de moi et que je ne sais pas quoi en dire. Dix ans de vie commune. Je n'ai pas encore débrouillé la chose. Je croyais que c'était la femme de ma vie. Voilà, c'était idiot de vous mentir. Je me sens sec.

– Merci. Je suis rassuré, j'ai vraiment cru que vous me preniez pour un con.

Incisives. Il était repassé au vouvoiement.

– Venez avec moi, j'ai un marché à vous proposer. Je vais vous expliquer cela à la maison.

En passant sur le trottoir de la banane, j'oubliai de regarder où en étaient les feuilles. Veselý me parlait de sa première voiture, une voiture à trois roues (si si !) et je repensai à son œuf. J'attendis pour l'interrompre une pause naturelle dans ses développements sur la nécessité de tenir la portière dans les virages.

– Excusez-moi, mais je ne suis pas sûr d'avoir bien compris l'histoire de l'œuf.

– Ah ! Là, je ne peux rien faire pour toi, je ne suis pas philosophe, je me contente de raconter des histoires. Mais je suis persuadé que vous trouverez. Je n'en doute pas. Et ce jour-là, c'est toi qui viendras me l'expliquer.

## 17
## LES FESSES DE LÉNINE

Quand le téléphone retentit, cela faisait des semaines que je n'avais plus entendu ma sonnerie, car j'ai pour habitude de laisser mon mobile sur silencieux, or j'avais dû la rétablir par mégarde et voilà que la voix de Pauline résonnait dans ma chambre d'hôtel : « Hé ça sonne, dring, ça sonne, Paul, ça sonne, qu'est-ce que tu fais mon amour, enfin ça sonne, dépêche-toi de me répondre. » J'avais cru original de faire enregistrer à Pauline cette petite blague comme je le fais à chaque fois que j'achète un nouveau téléphone. L'entendre me fut désagréable (mais moins que d'avoir tatoué un *FUCK !* sur l'intérieur du poignet, pensai-je, ce *FUCK*, je le comprenais de plus en plus, m'aidait à supporter tous les petits désagréments du quotidien par un jeu de relativisation forcée), entendre cette sonnerie anachronique m'était d'autant plus désagréable que j'étais à ce moment-là sous la douche en train de faire ce que la solitude susurre aux oreilles des abstinents quand ils le sont par défaut. La voix de Pauline me ramena presque instantanément à 6 h 30.

C'était Míla qui s'inquiétait de mes recherches, elle voulait me stimuler. Cette affaire avait dû taper sa case aventurière. Elle avait l'idée d'un plan d'attaque pour retrouver mon poisson et mon photographe. Je compris trop tard qu'elle m'attendait devant l'hôtel. J'étais trempé et je dégoulinais sur mon téléphone. J'ai laissé filer. Je lui ai donné rendez-vous le soir même et j'ai passé la journée à étudier le tchèque et à lire les grands auteurs. J'appris que le mot *nevěstka* désigne une prostituée alors que *nevěsta* est la mariée et qu'il vaut mieux ne pas se tromper.

Quand je sortis au crépuscule, elle m'attendait assise acrobatiquement sur le dossier d'un banc de la place, comme empaquetée – je n'ai pas d'autre mot – dans une sorte de combinaison kaki que même un mercenaire ouzbek abandonné tout nu dans les montagnes afghanes aurait refusée.

Malheureusement, elle n'avait pas trop le temps, juste une bière (ou deux). Un rendez-vous... Je lui demandai si son rendez-vous avait une barbe, comme cela, comme on échappe un lapsus.

– Merde, comment tu sais ça ?

Je ne décelai aucune ironie. Je ne savais plus qui faisait marcher l'autre. Je prolongeai mon bluff.

– Je sais tout.

– ... C'est la réunion hebdomadaire du Cercle. Tu connais *Le Cercle des poètes disparus*. Eh bien, on fait un peu pareil avec le cinéma. Un petit groupe de squatteurs, passionnés de cinéma, des Bledniciens comme moi, tous tarés. On se connaît depuis le lycée pour la plupart, d'autres nous ont rejoints après. On discute, on mate des films, on tourne des courts-métrages, des broutilles, on boit, on fume des trucs. Ça te plairait peut-être, mais tu es encore un peu tendre, je pense...

– Attends, ça y est, je suis baptisé, j'ai vu *Les Amours d'une blonde*, j'ai adoré, je t'assure. Ça m'a tellement plu que j'ai noirci quatre pages sur le film. Je te les montre et tu m'adoubes ?

– Tu sais quoi ? On achète deux bières et on file à la chapelle. Tu me raconteras ça là-haut. Faut en profiter, ils ont prévu l'arrivée du vent sibérien la semaine prochaine. On va perdre quinze degrés en un jour.

– Vous êtes combien dans ce Cercle.

– Cela dépend, parfois six, parfois deux. Et puis ça vient, ça repart. Pas mal de monde est passé finalement, mais on refuse les curieux, en général, ceux qui ne viennent que pour mater ou se bourrer la gueule. C'est à peu près la seule règle, être un amoureux du cinéma. Le cinéma au-dessus de l'amitié, au-dessus du reste. Bien sûr, on finit tous par devenir plus ou moins potes, même si on passe notre temps à se chamailler sur les films. On a des goûts très différents alors ça frotte pas mal. Et on aime ça.

J'étais content de retrouver les hauteurs de la chapelle, son herbe, son surplomb et même ses vieilles tombes mal adossées au mur. Nous nous assîmes dans une herbe moite et nous tournâmes vers la cheminée de la fabrique de papier. Míla ouvrit les deux bières avec les dents.

– J'ai adoré le film. Je n'avais jamais vu quelque chose comme ça. Une grâce folle, merci.

– Content que ça te plaise. Un bon point pour toi, mais tu es encore loin du compte.

– De quel compte ?

– Le Cercle... Tu n'as vu qu'un seul film tchèque. Qu'est-ce que tu crois ? Et puis, qu'est-ce que tu as aimé dans le film ?

Et je lui ai raconté la grotesque scène du bal, la tendre légèreté maladroite de la scène d'intimité, le tragicomique de la nuit chez les parents, la boucle que dessine le film qui commence et se termine dans un dortoir. Je lui offris un développement qui m'étonna moi-même. Au fond, j'étais plus habitué à parler littérature, mais alors que l'humidité du sol s'infiltrait à travers la toile de mon pantalon, je trouvai des ressources, du verbe ou pour le moins, c'était ce que mon enthousiasme me laissait croire. Il y avait longtemps, il faut bien le dire, que je n'avais pas ressenti le moindre enthousiasme pour quoi que ce soit.

– Pas mal, jugea Míla. Tu sais, la Andulka, la blonde en question. Forman l'a vraiment rencontrée, c'est même comme ça qu'il a eu l'idée du film. Il se promenait à Prague, près de chez lui et là, il voit une fille qui a l'air perdue. Elle est assise sur sa valise et regarde ses chaussures. Elle retourne chez elle après la fameuse désillusion. Elle lui a raconté son histoire, elle lui a dit qu'il y avait un homme pour dix-huit femmes dans leur patelin. Alors Forman est allé voir son pote Ivan Passer pour qu'il l'assiste, excellent réalisateur d'ailleurs le Passer, je te conseille au passage son *Intimní osvětlení* (*Éclairage intime*). Mais Forman n'a pas choisi cette histoire par hasard. On y retrouve de nombreux thèmes de prédilection : les espoirs de la jeunesse, le bal populaire et la musique, le ridicule du pouvoir quand il se mêle de vie privée.

Elle déploya alors une analyse d'une grande finesse. Je compris en l'écoutant combien elle était versée dans le domaine. Elle en parlait comme une étudiante en dernière année d'école de cinéma et pendant qu'elle revenait sur la figure de l'envol avorté dans les œuvres de la Nouvelle Vague tchèque, je me disais que nous étions peut-être tous, à notre manière, des Andulka, que la manière de Míla n'était certainement pas l'amour, car le peu que je savais de sa vie amoureuse devait davantage à la collectionneuse qu'à la collectionnée, pas l'amour non, mais le cinéma. Sous des aspects savants, c'était peut-être la même illusion.

– Tes devoirs pour la semaine prochaine : *Sedmikrásky*, Věra Chytilová. Je ne t'en dis pas trop, mais c'est plus un test qu'un devoir en fait. Ça devrait te décoller les lentilles de contact.

En élève laborieux, j'essayai de noter dans mon mobile le titre qu'elle m'épelait patiemment et malgré ces efforts, je me perdis dans cet accent trop anglais ou trop tchèque. Elle s'empara de mon téléphone et fit courir ses doigts. *Sedmikrásky*. À moi, *Les petites marguerites*.

Nous fîmes un point sur mes recherches. C'était vite fait. Pour les interphones, c'était réglé, pour le reste, pas grand-chose à signaler, excepté la photo de Veselý qui confortait ma présence à Blednice. Je lui ai montré le cliché, elle crut un instant reconnaître le visage du sujet puis se ravisa. Elle me proposa d'essayer la voie administrative, elle savait que dans ce domaine je ne pouvais me passer d'elle.

C'était déjà l'heure de son rendez-vous. Tandis que je la suppliais une nouvelle fois de m'introduire dans leur cercle de minuit, ne serait-ce qu'une fois, elle déposa sur ma joue un baiser chaste de petite fille, comme un frêle papillon. Puis, tel un maître de kung-fu (les maîtres de kung-fu empruntent souvent au papillon) :

– Tu n'es pas encore prêt.

Je me suis contenté du baiser.

Et parce que les bonnes nouvelles volent toujours par deux, comme des tourterelles, m'attendait en rentrant un message de Veselý : « Je dois retourner sur Genève. Je vous laisse les clefs de la maison. Vous pouvez en disposer comme bon vous semble. Je vous demande juste de vous occuper des œuvres que j'ai laissées dans la cour et de ne pas toucher au sablier en cristal qui est sur le buffet. J'ai laissé sur la table de la cuisine les informations pratiques. La clef de la porte est dans le *Lénine à vélo* cachée entre ses fesses et la selle, tu trouveras facilement. Je ne sais pas quand je reviendrai. Profite bien. »

Et parce qu'il y a toujours un corbeau pour emmerder les deux tourterelles, je reçus un message de Pauline :

« Paul, il faut absolument que je te parle. Je ne te croise plus à la maison et je ne veux pas te dire cela par téléphone. »

Il était inutile d'avoir fait une thèse en philologie pour deviner ce qui se cachait derrière ce message et je voyais derrière le *petit break* tout tremblant s'avancer l'ombre menaçante de la hache du géant : la rupture définitive. Et pourtant, je ne pouvais m'empêcher d'espérer. Je relus plusieurs fois le message traquant de manière pathétique la plus petite miette d'amour. Mais le corbeau avait tout mangé.

Il faut bien que je l'avoue maintenant, pour retrouver Pauline, j'aurais été prêt à quitter dans la seconde tous les Blednice du monde. Mais abandonner ma Tchéquie solaire pour recevoir le coup de grâce, je n'en avais aucune envie. Je m'en remis tout de même au dé que je n'avais plus dégainé depuis un moment, ce que je commençais à interpréter comme un progrès. Je n'arrivais pas à sortir des questions binaires pour proposer au dé un vrai choix multiple, aventureux et excitant. J'avais même lu *L'homme-dé* pour améliorer ma pratique, mais à l'évidence je n'étais pas fait du même bois que Luke Rhinehart. J'étais peut-être un imbécile, pensai-je. Je commençais à me dire qu'une simple pièce aurait suffi.

Pair je reste, impair...

Trois.

Merde.

# INTERLUDE

Avant d'aller border Ota et Pavel, Bohumil avait réussi à extorquer une description suffisamment précise du trajet qui mène à l'étang, et dès qu'il fut rentré chez lui, il nota d'un trait malhabile de quel côté tourner au niveau du grand noyer – il avait moins bu que les deux zigs et malgré cela il avait fait tomber sa vieille lampe à pétrole à laquelle il tenait tant. Le bulbe de verre s'était brisé en plusieurs morceaux dont un avait passé la nuit sous son pied droit avant qu'il ne le retire le lendemain.

Au petit matin, il se prépara en douce puis emporta sa canne à pêche, sa témérité et un sérieux mal de crâne que même sa fameuse casquette rouge ne parvenait à contenir. « Contre ça, rien de mieux qu'un peu d'air frais et une balade dans les bois », pensa-t-il.

Une fois dehors, il respira à pleins poumons, offrit un rot à l'aube mordorée puis s'engagea sur les chemins. Il n'avançait pas droit, difficile de dire s'il devait cela aux conséquences du morceau de verre ou aux restes de l'alcool qui jetait son dernier feu dans ses veines. Avant de sortir de la ville, il croisa une bande de jeunes hippies qui avaient abusé de la nuit.

Ota et Pavel étaient amis dans l'excès, mais pas dans la gueule de bois. Après une soirée bien imbibée, Ota se levait toujours comme un petit scout, sauf qu'à bien y regarder, ce que son foie et sa tête admettaient, la petite myriade de vaisseaux à la base du nez le refusait, signe que les fins limiers reconnaissent immédiatement. En matière d'alcool, c'est toujours le casque ou le nez.

Et pour Ota, c'était le nez. Il diffusait joyeusement cette odeur caractéristique de bière distillée par le corps dont tout le goût et le sucre auraient été absorbés, ne recrachant plus qu'une sorte d'essence d'alcool de pharmacie.

Pour Pavel, c'était le casque. Il souffrait des heures dans le noir, le corps desséché, l'âme malade, les tempes comme prises entre les fesses de deux charcutières qui s'amuseraient à s'asseoir et à se lever à intervalles irréguliers. Il ne bougeait que pour aller aux toilettes, tous les quarts d'heure, et dans ce domaine, il variait les plaisirs. Ota savait qu'il ne fallait pas le déranger avant le déjeuner après lequel il reprenait doucement pied jusqu'au lendemain soir où il pouvait remettre le couvert et s'envoyer la même punition que l'avant-veille.

Mais ce matin-là, l'étang démangeait Ota qui s'activait un peu dans le jardin pour s'occuper l'esprit et faire tirer jusqu'au repas avant de retrouver son ami. Il n'était pas encore midi quand il frappa à la porte de Pavel qui coulait dans le noir.

– Vas-y seul, j'y arriverai pas.

– Tu plaisantes ? On l'a découvert ensemble, on doit y retourner ensemble. Bois-moi un litre d'eau et on y va.

– Vas-y seul j'te dis, j'peux pas. Je vais décéder.

– Arrête tes conneries. Allez, bouge !

– Gr... fl...

– Ah, mais ça y est, je viens de comprendre, ah ouais c'est ça, t'as les foies en fait. Ta mère me l'avait bien dit que t'étais une poule mouillée, je ne voulais pas la croire, je disais « mais non, ce n'est pas vrai, vous n'êtes qu'une vipère », mais en réalité elle avait raison. Nan, mais si t'as peur, tu as raison de rester au pieu, vraiment, je ne veux pas être responsable d'une torsion d'estomac. Moi, j'y vais avec Bohumil, on te racontera.

Et alors, au nom de « Bohumil », Pavel se leva comme le paralytique de l'Évangile, se dirigea vers les toilettes, plaça son front sur la tache sombre qui maculait le mur au-dessus de la cuvette, pissa puis s'habilla sans prononcer le moindre mot. Il s'arma ensuite de sa canne à pêche, de tout le barda et se dirigea vers la porte en évitant ostensiblement de croiser le regard d'Ota.

Les deux passèrent chercher Bohumil. Il habitait « la maison des trucidés », le grand appartement du rez-de-chaussée qu'il avait acheté pour une bouchée de pain après que le pauvre bâtiment avait essuyé une série de drames qui avait impressionné toute la région. Bohumil ne répondit pas aux appels. Ils haussèrent les épaules et prirent la direction de l'étang affichant des visages graves d'huissiers trompés sur la marchandise.

Ota savait que c'était à Pavel de s'y mettre ce qui allongeait un pas que Pavel freinait imperceptiblement. Mais tous deux priaient pour que ce qu'ils avaient vu la veille n'ait été que le fruit du hasard ou de la fatigue.

Des choses qui arrivent, pensa l'un. Des choses qui arrivent, pensa l'autre. Mais l'un et l'autre doutaient et plus on s'approchait de l'étang, plus les genoux se frôlaient.

Quand ils arrivèrent aux abords de la clairière, ils entendirent la surface de l'eau se remettre à frissonner, exactement comme la veille. Soucieux, ils déballèrent le matériel en se bousculant et en se marchant sur les pieds. On avait emporté une très large gamme d'appâts. On se mit en place le plus lentement possible en espérant que l'autre s'y colle en premier et puis malgré tous les efforts pour étirer le temps, on y était.

Ils lancèrent leur ligne au milieu des remous et ce n'était pas difficile, car cela frétillait de tous les côtés. Mais rien n'y fit.

Pavel comprit que c'était son tour de prendre l'épuisette, bien qu'assuré de son échec. Il s'avança dans l'arène comme s'il marchait sur des œufs de caille. Ota vit alors ce que Pavel avait vu la veille. Un désastre. Il n'y avait plus de doute. Ils n'eurent pas besoin de dire que l'étang était une putain de flaque hantée.

Mais alors qu'il s'apprêtait à ressortir, Pavel lança dans l'eau, comme ça plus par dépit que par colère un dernier coup d'épuisette et ramena... une casquette rouge.

L'étang frétilla de plus belle. Il leur fallut quelques instants pour comprendre.

Il n'y aura malheureusement personne pour écrire la fin de l'histoire du chroniqueur local.

# TROISIÈME PARTIE

## 18
## PARIS 15 H 15

J'ai traversé mes langoureux paysages moraves avec la douce assurance de les retrouver rapidement, comme si j'allais acheter des croissants à la boulangerie d'en bas. Je n'étais resté qu'un mois en Moravie, mais j'éprouvais déjà un sentiment d'appartenance. Je reconnus dans les collines tchèques, le relief de ce paysage intime que je n'avais pas cartographié jusque-là. Je n'appartenais plus à rien depuis tellement longtemps que ce lien quelque peu imaginaire que j'avais tissé me chauffait comme une petite lumière, secrète et précieuse que j'emportais avec moi. Et puis dans quels lieux du monde avais-je vécu plus d'un mois ? Je savais que la Moravie avait pris une place définitive dans l'une des boîtes secrètes de mon âme (permettez que l'on emploie de temps en temps les grands mots).

Avouons-le aussi, c'était pour moi l'occasion de revoir Pauline et bien que je me sois préservé en évitant systématiquement le sujet, en la dissimulant derrière une armée de paravents, en réalité, je ne cessais de penser à elle, à ce que nous étions, à ce que j'étais devenu. Je réalisai dans ce train qui me ramenait vers Prague combien le trouble dans lequel m'avait jeté cette rupture m'avait comme insensibilisé, à la manière du son blanc inaudible que l'on produit quand on sature toutes les fréquences. Alors que je traversais les paysages qui m'avaient gagné l'âme (oui, je peux), je me retrouvai tout à coup et je me mis à pleurer. Oui, pour la première fois depuis longtemps, je me sentais vivant. Je souffrais et je me sentais vivant. Et cela me faisait du bien.

Or, ce sentiment que me procuraient les douces collines, les bois charmants et les mystérieux étangs de la campagne tchèque s'évanouissait à mesure que je les laissais derrière moi. J'étais incapable de les attraper et de les emporter et alors que les premiers hangars des abords de Prague défiguraient les faubourgs de la ville, je retrouvai cette angoisse sèche et sourde qui me rendait atone, inconsistant et hermétique aux autres affects. Dès que je mis le pied à Paris, j'étais redevenu une bûche molle et j'avais l'impression d'avoir perdu tout le bénéfice de mon mois morave. On avait soufflé sur ma petite bougie. J'avais l'impression que le monde apparaissait trop nettement autour de moi tandis que j'avançais flouté comme si le réalisateur de ma vie avait raté sa mise au point. Je savais que si je voulais éviter de faire des bêtises, il me fallait au plus vite retourner à Blednice.

C'est à ce moment-là que je reçus un nouveau message de Pauline : « Tu me manques, mon amour. »

Je pris une décharge, mais derrière l'éclat de lumière réapparut froide et inexorable la silhouette du géant avec sa hache. Il était évident que le message ne m'était pas destiné. C'est justement le genre d'erreurs qui donnent envie de faire des bêtises. J'eus une pensée pour le sort et ce foutu dé. J'ai commencé à explorer les possibles de ce nouveau « mon amour ». Je n'ai rien trouvé de satisfaisant.

J'ai passé la porte de chez moi en début d'après-midi. Pauline était là.

– C'est toi ? Tu m'as fait peur.

Sa beauté effarouchée me gifla. Elle avait encore changé de coiffure pour une sorte de carré asymétrique dessiné au scalpel, émouvant de précision et d'élégance. Elle portait une robe claire moulante que quelques rondeurs bien placées empêchaient de descendre trop bas. Une petite douleur intercostale commença à siffler.

– Cela ne te dérange pas que je vienne de temps en temps ?

L'intérieur de l'appartement avait évolué. Pauline avait prolongé cette sorte de faux départ d'avant Blednice puisque ses affaires traînaient absolument partout, les meubles avaient valsé dans tous les sens à l'exception de la commode qui gardait toujours solennellement l'entrée de la chambre.

– Alors, c'est comment Prague ?

– J'ai à peine vu en passant. J'étais en Moravie.

Elle hésita à afficher son ignorance. Je me suis approché de la fenêtre pour observer mes plantes.

– Oui, ton cactus, je suis désolé... Je n'ai pas osé le jeter. En revanche, j'ai fait repartir le yucca.

Son yucca resplendissait, ses feuilles lourdes et mornes sous mon règne avaient retrouvé toute leur vigueur et pointaient résolument toutes les directions, comme le dos d'un porc-épic.

– Mais qu'est-ce que t'es allé faire là-bas ?

Je ne répondis pas vraiment et je lui fis des compliments sur sa nouvelle coiffure.

– Ça te plaît ? Je n'étais pas sûre.

Son regard portait la nostalgie des dix années de vie commune, c'était la défaite plus une tendresse pour cette défaite. À ce moment-là, mon cœur fondit comme le filament d'une ampoule lors d'un saut de tension.

Elle avait l'air gênée. Elle faisait de petits déplacements nerveux le long de la crédence.

Puis elle me tendit une lettre.

– Ne l'ouvre pas maintenant, s'il te plaît, ne la lis que lorsque je serai partie. Je voulais prendre le temps de choisir les bons mots, enfin, je veux dire les mots justes. Tu vois, il vaut mieux que j'écrive.

Je n'eus pas besoin de bouger, elle déposa l'enveloppe blanche sur la crédence anthracite. Le contraste m'éblouit et la douleur intercostale se déplaça sur le côté gauche.

– Tu sais, je voulais quand même te dire, ça je voulais que tu l'entendes de ma bouche : je suis enceinte.

Un mois de *petit break* précédé de plusieurs semaines d'abstinence. Je n'eus pas à poser la question ridicule.

– Tu ne le connais pas.

La dernière chose que je vis fut l'horloge de la pendule du four qui affichait 15 h 15.

## 19
## LE NORMAL, LE CHOQUANT ET LE MARRANT

Malaise, étouffement, conscience dans la brume, peur de la mort, voix de Pauline affolée, mort certaine, étouffement insupportable, volonté d'en finir pour de bon, voix de Pauline qui s'enfonce dans du coton, pensées erratiques sur la mort certaine et sur la postérité, honte fugace de laisser un magazine porno sous la pile de pyjamas, panique puis dédoublement et vision de soi en panique, passage de l'aile noire de la mort, ça y est j'y suis, sentiments confus, ce n'était donc que ça la mort, premiers doutes sur la mort certaine, chaleur de la main de Pauline, étouffement, sensation d'éternité, de nouveau la volonté d'en finir pour de bon, arrivée des secours, voix rassurante, fin du crescendo, retour à une respiration supportable, ambulance, espoir, certitude que ce n'est pas pour cette fois, se promettre de jeter ce putain de magazine porno sous la pile de pyjamas, honte de porter encore des pyjamas, faiblesse extrême, petite tremblote, grand froid, pas la force de demander une deuxième couverture, tremblote de tout le corps, deuxième couverture, image furtive de la lettre blanche de Pauline sur la crédence sombre de la cuisine, trajet dans l'ambulance sur un nuage, arrivée à l'hôpital, une petite vieille s'écarte pour nous laisser passer, pensées parasites sur la dimension théâtrale d'une telle entrée, plaisir minuscule de la déambulation sur roulettes et sans efforts, salle d'attente des urgences, lumière trop forte des néons dont l'un grésille, brancards qui passent avec des brûlés, des découpés, des enragés, odeurs d'alcool et de chaussettes, je me contente de mon petit malheur, arrêt de la tremblote, je fais une première blague pour détendre Pauline, le monde commence à s'articuler, je m'excuse auprès de Pauline, mais non mais non tu plaisantes c'est moi, je suis désolée, c'est moi, tout le monde est désolé alors, examen cardiaque, rien, l'attente est interminable, non je ne veux rien, attente, observation minutieuse de la salle de soins, tout est blanc, une horloge tyrolienne au tic-tac sonore, une Bible et une vieille édition de Stephen King sur l'étagère, petite reproduction ridicule d'une barque échouée à marée basse, un cahier de coloriage déjà colorié, trois feutres mal bouchés, une boîte, l'inox des outils qui brillent, ciseaux, davier, petit marteau à réflexe, Pauline me demande si je préfère qu'elle parte, non qu'elle reste ! Mais oui reste ! Sauf si tu as quelque chose de plus important, non bien sûr, elle reste et pour m'occuper me raconte une anecdote que j'étais censé connaître, mais dont je ne me souvenais pas, mais si, mais si, elle me l'avait racontée lorsque nous étions à la crêperie de Saint-Jean-de-Monts le jour où D.S.K. apparut menotté sur tous les écrans de télévision, une des histoires de son enfance, elle ne peut pas s'empêcher d'y penser à chaque fois qu'elle met un pied à l'hôpital, comment avais-je pu oublier une anecdote pareille, elle est toute jeune, peut-être six ans et elle s'est retournée le doigt en essayant d'éviter une gamelle en patins à roulettes, c'était l'époque où les roulettes des patins suivaient le modèle des voitures et pas celui des vélos mais on s'en fout, bref, et comme c'est un dimanche, son père l'a amenée à l'hôpital pour lui faire une radio et lui poser une attelle, c'est la première fois qu'elle met les pieds à l'hôpital et elle est très impressionnée, le blanc, les couloirs, les portes fermées, tous ces gens meurtris, cette odeur caractéristique qui s'accroche au nez, elle ne connaissait que les hôpitaux de bandes dessinées et de cartoons, alors elle n'a pas osé ouvrir la bouche pendant les soins, elle a fait oui et non avec la tête pour répondre aux questions, une fois le doigt bandé, le médecin les a raccompagnés jusqu'à la réception pour donner ses dernières consignes et prendre un nouveau dossier, et alors qu'il échange encore quelques mots avec son père qui est un véritable pot de colle quand il a un médecin sous la main, elle assiste à un geste fondateur, elle voit l'infirmière attraper les couilles du médecin à travers son pantalon de toile fine puis soupeser la chose avec rebonds comme on évalue le poids d'un melon, Pauline voit tout parce qu'elle est petite, et qu'elle est placée sur le côté du comptoir de telle sorte qu'elle peut voir la main de l'infirmière sans voir son visage, elle est ainsi protégée de son regard, mais pas de celui du médecin qui l'ignore parce qu'il est assez occupé par la nécessité de garder son calme, de parler avec sérieux et naturel et en même temps de tenter de se dégager de l'emprise sournoise sauf que lorsqu'il esquisse un pas sur le côté la main de l'infirmière serre le paquet, on peut dire qu'elle le tient la bougresse, et le pauvre doit essayer de se débarrasser de son père toujours aussi bavard en de pareilles circonstances et le plus incroyable c'est que sur le moment tout cela lui paraît absolument normal à Pauline, ce n'est ni dans les livres ni dans les dessins animés mais au fond pourquoi pas ? Pourquoi les infirmières ne pourraient-elles pas tripoter les couilles du médecin, ce jour-là elle n'y voit rien de choquant, elle se dit que c'est une technique pour aider le médecin à mieux trouver ses mots, ce n'est que bien plus tard que l'image lui revient et qu'elle peut débrouiller le pittoresque de sa première expérience hospitalière et elle a longtemps pensé à cette image choquante des couilles de médecin palpées par une main sans tête jusqu'à la trouver marrante cette image, assez en tout cas pour me la raconter une deuxième fois.

Son anecdote m'inspira une théorie qui eut au moins le mérite de faire passer le temps. Le médecin arriva à point nommé pour arrêter un développement fumeux sur la répartition du jugement humain en trois catégories – le normal, le choquant et le marrant – l'anecdote montrant parfaitement comment selon les dispositions le jugement pouvait glisser d'une catégorie à une autre bien qu'il nous soit impossible de déterminer si l'emprise physique de l'infirmière révélait l'emprise morale de la maîtresse prête à tous les chantages pour faire plier l'homme marié ou si le geste s'inscrivait naturellement dans la complicité ludique des amants décomplexés. *Normal*, au fond pourquoi ne pourrions-nous pas nous attraper par les balles quand nous en ressentons le besoin ? *Choquant* car devant une petite fille tout de même ! *Marrant* enfin, parce que ça reste des couilles.

Le médecin arriva donc à point nommé pour le diagnostic. Nous pouffâmes bêtement comme deux adolescents. Nous vivions là peut-être notre dernier moment d'intime légèreté.

– Ben, je vois que ça va mieux.

– Oui, oui, ça va mieux.

Un petit docteur tout sec aux traits vaguement asiatiques. Son badge affichait un nom d'une quarantaine de lettres. Il m'a fait passer par les fourches caudines de différents appareils et je n'ai plus pensé à rien. Je serais bien resté quelques jours à l'hôpital, comme ça, pour me refaire la cerise, lire Stephen King et apprendre la Bible, mais je n'avais rien. Rien du tout. Pas même un début de grippe.

– Le stress, me dit le docteur. Vous avez fait une crise de spasmophilie ou alors ce que l'on appelle une *attaque de panique*. Vous êtes le troisième aujourd'hui. Que voulez-vous, c'est le mal du nouveau siècle. Cela risque de se reproduire, mais il n'y a rien à faire. Du calme. Reposez-vous. Faites-vous du bien. Et si cela se répète trop souvent, il faudra penser à consulter un spécialiste.

– Comment ça, « trop souvent » ? À partir de maintenant, je vais m'évanouir comme ça tous les jours ?

– Non, juste des petits malaises, sans évanouissement. Mais ce n'est pas sûr, vous verrez bien. Ne vous inquiétez pas, vous apprendrez à gérer.

– Pas de médicaments ?

Et tout en notant sur une ordonnance :

– Le yoga est plus efficace, mais je peux toujours vous prescrire du magnésium si vous voulez.

Il n'attendit pas ma réponse et ponctua l'ordonnance d'un hiéroglyphe (une sorte de trait oblique à peine ondulé) puis dans le même élan appuya sur le bouton de son stylo avant de le placer d'un geste professionnel (il y a une beauté des gestes professionnels, on l'a déjà dit) dans la poche de sa blouse. Il se garda bien, à notre grand regret, de se faire attraper les choses par l'infirmière au passage et je ressortis du temple d'Asclépios aux côtés de Pauline avec une prescription de magnésium entre les mains.

Voilà, c'était passé. La rue nous rendit une certaine solennité. Elle s'excusa « pour tout ça ». Et bien qu'à ce moment-là, je me sente bête, laid et ridicule, c'est elle qui pleura. Un peu seulement. Comme ça, sans pleurer, les yeux flottants à peine soulignés par un trait de larme qui ne veut pas couler.

J'ai préféré rentrer seul. Nous nous sommes séparés là, près de l'hôpital. Maladroitement. Comme si chacun de nous était de trop.

J'ai vidé pour dîner deux vieilles boîtes de maïs. Au milieu de la deuxième, j'ai pris l'enveloppe et l'ai posée près de mon repas. Le blanc de la lettre faisait ressortir le jaune du maïs. Elle avait écrit mon prénom à l'encre noire, du trait large d'une plume que je reconnaissais. Je n'avais jamais vu mon prénom aussi bien écrit. J'ai pensé que peut-être, parce que son prénom commençait par les mêmes lettres que le mien, c'étaient les quatre lettres de l'alphabet qu'elle écrivait le mieux. J'ai pensé aussi avec une certaine amertume, qu'on avait peut-être formé l'un de ces couples où l'on s'applique davantage quand on rédige une lettre de rupture, qu'une lettre d'amour.

Je n'eus pas la force de l'ouvrir. Je la laissai là, sur la table. La fatigue avait vidé ma conscience.

Ce n'est qu'une fois couché que me vint l'image douloureuse de Pauline arpentant le couloir d'une démarche de cane, gonflée d'une chose qui ne m'appellerait jamais « papa ».

## 20
## LIQUIDATION

Faut-il encore décrire un jour d'automne à Paris ?

J'ai emprunté les quais, je ne savais pas où aller. J'ai pensé jeter la lettre dans la Seine, sans la lire.

Je sortis mon dé.

Pair : tu lis. Impair : tu jettes.

Je m'assis les pieds dans le vide, au-dessus de l'eau.

J'ai lancé le dé : cassé entre deux pavés.

J'ai relancé : six.

J'eus une hésitation. Pour la première fois, je contestais le dé. J'éprouvais une sensation de rupture, je savais que je ne pourrais pas la lire. Pas encore en tout cas. Je devinais ce que j'allais y lire et je le refusais : les mots de la tendre séparation, la commisération coupable, l'injonction à garder le souvenir de l'essentiel, l'importance d'une page qui se tourne, mais qui ne s'efface pas, toute cette quincaillerie de la rupture imposée et qui vaut si peu face à la béance de la perte et aux acides de la blessure narcissique. J'y voyais le risque de raturer le peu qui me restait. Je refusai cette fatalité, je refusai le dé.

Je voulus l'utiliser une dernière fois.

Pair : tu le jettes. Impair : tu le gardes.

Trois.

Il y eut comme un changement de lumière. Je l'ai regardé une dernière fois. Et puis merde ! C'était un cube qui devait servir à faire avancer des petits chevaux en bois. Je le lançai avec une telle force que je n'entendis même pas le *Ploc* caractéristique quand il s'enfonça dans l'eau.

Je restai là un moment jusqu'à l'arrivée d'un chien qui m'apporta une petite poupée qui couine. Il la fit chanter deux fois avant de la déposer à mes pieds. J'eus à peine le temps d'esquisser le geste de la ramasser que le chien la reprenait pour répondre à l'appel de son maître.

C'était peut-être le bon jour pour retourner chez Bébert, je ne pouvais dire si c'était une manière de complaisance vis-à-vis de mon malheur ou simplement le besoin de l'exorciser. Je tournai le dos à la Seine. On n'a pas tous ni le courage ni les envies de Werther. Je doute d'ailleurs qu'on trouve un Bébert dans n'importe quel roman de Goethe.

Pendant mes études, j'avais pris l'habitude de me rendre au bar *Chez Bébert* que j'avais choisi comme quartier général pour son anachronisme, ses tables généreuses et sa banquette pourrie. À l'intérieur, tout fleurait les années 60 bien tassées. J'avais ma place attitrée dans un coin où je profitais des deux heures creuses qui me séparaient d'un cours d'algorithmique ou d'analyse fonctionnelle pour bouquiner un peu.

Seul à Paris depuis des mois, je m'étais recréé dans ce petit troquet un cocon familier. Bébert le cafetier (tout le monde l'appelait comme ça rapport au nom du café, mais il s'appelait en réalité Vincent) était un homme d'une vaste culture qu'il cachait sous un air débonnaire. Toutes ses phrases, même les plus pénétrantes étaient teintées d'ironie. On ne savait jamais ce qu'il pensait. Il n'y a que lorsqu'il abordait les grands romans russes qu'il changeait de ton. Nous dépensâmes de longues heures comme disent les Anglais (pour eux le temps c'est de l'argent, les Français sont plus tragiques, le temps, il faut tuer) à débattre sur Biely et sur Dostoïevski dont il mettait au-dessus de tout son roman *Les Possédés*, « un remède contre tous les excités de la politique », disait-il. Et il s'emportait contre les cons. Un panneau rédigé en français et en allemand indiquait au-dessus de sa tête qu'il était « *verboten* de cracher par terre et de *sprechen* politique ». Mes lectures l'intriguaient et nous avions même fini par nous échanger des livres. Parfois, lorsque la matinée était calme, il sortait son Boulgakov de dessous le comptoir et nous lisions tous les deux nos romans respectifs, chacun à notre poste, dans la complicité d'un vieux couple revenu de tout. Bébert était pour moi comme un grand-oncle dont j'ignorais la vie, j'avais fini par croire qu'il n'en avait pas.

Et puis, c'était là que j'avais rencontré Pauline.

Il était tellement content de me voir ! Il est vrai que nous avions cessé depuis deux, trois ans avec Pauline de retourner sur les lieux de notre première rencontre et Bébert en fit les frais – je ne saurais dire si c'était pour préserver la mythologie de notre couple ou pour l'effacer. Peut-être avions-nous chacun notre propre raison de ne pas y retourner. Toujours est-il que je n'avais pas vu Bébert depuis longtemps. Il me le reprocha, mais mollement, comme ça pour la forme, avec l'une de ses remarques désinvoltes et complices qui vous donnent l'impression de n'être jamais parti, d'être un des rares élus de son monde et cela faisait du bien d'être l'élu de quelqu'un. Je me réchauffais secrètement au petit foyer du bon Bébert.

La déco rétro du café n'avait pu retarder les acides du temps sur le corps du cafetier qui semblait être le seul dans ce musée à respecter son âge. Tout s'était tassé en lui – la peau, les os, le visage avaient à demi brûlé – c'était comme si toutes ses proportions avaient changé. Son air goguenard légendaire réapparaissait à l'occasion d'une mimique puis retournait se dissimuler dans les nouveaux plis de son visage, ceux d'un vieux bonhomme que je ne connaissais pas. Il était temps pour lui de débrayer, mais il refusait la retraite.

– Qu'est-ce que tu veux que je foute ? Même lire l'horoscope me file la migraine et je n'arrive plus à...

Il me montra un index en berne qui simulait vaguement une impuissance.

– Et puis, ici, je me fatigue pas trop. Il n'y a presque plus personne, même le matin. Ils vont tous au Lounge à la con du Hollandais au coin de la rue, là. Tous les jours, je passe devant et je dis à haute voix « ce con de lounge ! » bien fort, pour que tout le monde entende, et cela me fait du bien, ça me maintient en forme. Et puis je suis tellement habitué à aller bosser. Cette année, j'ai même ouvert le 15 août. Tu sais, l'habitude est une canne qui m'aide à marcher.

Il me demanda des nouvelles de Pauline.

– Toujours amoureux, hein ? Ah, mais je le vois bien. Comment ne pas être amoureux d'une femme comme ça, c'est du rubis.

Je n'ai pas osé lui dire, ça lui aurait fait trop de peine. J'ai porté ma main à la poche et j'ai palpé la lettre du bout de mes doigts.

Nous parlâmes un peu de Cyril, mon compère d'études. Pour d'autres raisons, il avait également espacé ses visites chez Bébert. Ils s'étaient disputés pour une histoire cyrilienne de gonzesses – le don Juan avait pris l'habitude d'employer notre cafetier comme Sganarelle de ses basses œuvres, notamment pour se débarrasser de ses conquêtes les plus envahissantes. Au début, il préparait des petits scénarios amusants dans lesquels Bébert jouait son rôle avec le plaisir malsain d'un acteur de série Z. Mais Cyril avait fini par être négligent et laissait Bébert se débrouiller tout seul pour faire le sale travail. Bien que doué d'un bel esprit d'à-propos, il commençait déjà à se lasser des improvisations quand un jour, une folle, avec un anneau accroché aux narines (« Comme la vache qui rit – Attends Bébert, la vache qui rit n'a pas d'anneau entre les narines », je dus sortir mon mobile pour le lui prouver et même après avoir vu la célèbre étiquette, il fit une moue incrédule), une cinglée donc, avec un anneau dans les narines comme la vache qui rit (« Putain, Bébert ! ») avait jeté le vieux cendrier Cinzano sur une étagère et avait pété une bouteille de sirop d'orgeat (« Je te jure que j'aurais préféré le prendre dans la gueule ce cendar. La bouteille était presque neuve, j'avais servi à peine deux Mauresques. La conne ! Va nettoyer ces trucs sucrés... Tu niques une serpillière et ça colle quand même pendant une décennie, à chaque fois que je marche dessus, je fais le bruit d'une ventouse qui embrasse le cul d'un babouin. ») Bref, Cyril n'avait exprimé ni sollicitude ni remords et il était parti sans payer sa note. Bébert s'était fâché : « Ici, c'est moi qui décide quand le coup est gratos, je ne veux le voir passer cette porte qu'à genoux. » Il me montra la note qu'il avait épinglée sur le montant des étagères. Il avait de ces rancœurs lourdes et obstinées qui faisaient la fierté des putes qui n'embrassent pas, des tristesses dérisoires qu'il faut savoir respecter.

Je lui ai annoncé que j'étais au chômage. Il me proposa de m'embaucher.

– Oh oui ! Juste quelques semaines, le temps que tu trouves autre chose. Tu me lirais du Dosto les heures creuses et puis le reste du temps, tu ferais rappliquer un peu de monde avec ton Facebook et tout le bordel. C'est une bonne nouvelle, ce chômedu !

Le tableau que Bébert peignit de mon futur réveilla l'angoisse qu'il avait pourtant réussi à apaiser un peu. Je n'envisageais pas une minute de travailler pour lui, même pour lui faire plaisir. Bébert n'avait personne, ni femme, ni parent, ni enfant. Toute sa vie était là autour de lui. Et le café était vide.

J'ai pensé à Pauline, à la lettre. Je ne voulais pas lui parler de Blednice. J'ai inventé une excuse, un nouveau projet, c'était vague, mais il lâcha la proie et me resservit un Picon. J'eus tout à coup envie de lire cette lettre, je palpai de nouveau le coin sans la sortir de ma poche.

C'est le moment que choisit Christiane pour faire irruption dans le café. C'était le même cirque depuis trente ans, elle faisait son entrée fracassante une fois par jour pour poser une question à Bébert. Elle ne consommait jamais rien. Elle n'avait guère changé, tout au plus avait-elle abandonné l'idée de se coiffer, et ses cheveux blancs en pétard la mettaient en concurrence avec les plus grandes icônes hooligans. J'étais content de la revoir. Elle était passablement énervée et martyrisait un vieux *Paris Match* des années 90.

– Bébert, tu ne vas pas me dire qu'elle est belle celle-là ? Ferdinand n'en démord pas, il m'affirme que c'est un canon.

Elle brandit au-dessus de nous une photo de Mylène Farmer, ses aisselles fleuraient bon les trente glorieuses. Elle se tourna vers moi.

– Franchement... Excusez-moi, monsieur, je vous ai interrompu, mais là c'est fort de café. Mon mari prétend que c'est une belle femme. « Buisson ardent », qu'il l'appelle et il rigole ce con.

Elle ne m'avait pas reconnu. Elle avait toujours vécu seule (qui aurait pu la supporter ?), mais sa douce folie était de s'inventer des scènes de ménage avec un mari imaginaire, de petites querelles d'amoureux dont seul Bébert pouvait relever la poésie. En la voyant me revint le jour où elle était arrivée en larmes, à moitié nue, un peignoir entrouvert sur un corps indescriptible : « Il me trompe, j'en suis sûr, Bébert, cette nuit, il a parlé pendant son sommeil. Mais je l'aime, moi. Pourquoi ? Pourquoi il me fait ça ? Je lui ai tout donné. » Elle ne devait rien à Mathilde de la Môle. Si le mari était imaginaire, Bébert savait que les larmes ne l'étaient pas. Il trouvait toujours les mots pour l'apaiser et chaque fois, elle ressortait souriante, il lui fallait se frotter au baume de Bébert comme à la lampe d'Aladin et alors, sa nuit se transformait en jour.

– Dis à ton mari qu'à force de regarder ses séries à la con, il a perdu tout sens du Beau, qu'il ne sait plus distinguer un Modigliani d'une pub pour le dentifrice. Christiane, tu as entièrement raison. À 100 %. Là, ce que tu me montres, c'est du dentifrice.

– Voi-là, t'as tout compris, c'est ce que je me tue à lui dire. Du dentifrice... Excellent. C'est ça que je vais lui dire. Ah si Ferdinand avait ton esprit, Bébert.

Elle fixa quelques instants un accroc sur le mur, y enfonça son doigt, en ramena un peu de plâtre qu'elle goûta, fit une grimace puis ressortit en souriant, sans dire ni merci ni au revoir.

En pensant à Christiane je me demandais si notre génération continuerait à produire de ces doux dingues en quantité suffisante ou si, voués à disparaître, ils seraient tous remplacés par ces entrepreneurs d'eux-mêmes pragmatiques et calculateurs.

– Là, il va prendre cher le Ferdinand... Pas près de la revoir sa foutue série.

Peut-être que Bébert avait fini par y croire un peu, lui aussi, à l'existence de Ferdinand.

Et puis le cafetier plongea dans un des trous de son âme, je ne trouvai plus quoi lui dire. Le silence dura et installa cette petite gêne qui rappelait que dix années étaient passées depuis notre première rencontre. C'était un peu comme si Bébert parlait en lui : « Ben ouais, tu es passé faire ton petit tour, te payer un bol de nostalgie, mais je sais bien que tu vas repartir et je te reverrai au mieux dans cinq ans, si je suis encore là. » Tandis que mon silence lui répondait des banalités : « On ne rattrape jamais le temps, on croit jusqu'au bouleversement en un présent étendu, mais c'est quand on revient sur ses traces qu'on sent bien que c'est passé, si je restais deux heures de plus, mon cafard serait tel que je ne pourrais plus bouger, je me tiendrais là, comme cette banquette, comme la lampe ou ce verre rempli de pailles transparentes, comme le vieux cendrier, comme toi Bébert, malheureusement, je suis désolé, comme toi. »

Bébert faisait des va-et-vient, jouait avec son chiffon, lustrait la bordure de la crédence, chassait des mouches imaginaires avant de le jeter sur son épaule. Puis il trouvait une nouvelle goutte à essuyer et le manège recommençait.

– Je crois que je vais faire un long voyage, Bébert.

– Ah bon ? Avec Pauline ? Où ça ?

– ... Non... seul...

Il reprit son chiffon, le réajusta sur son épaule et s'affaissa. Il me regarda avec la tendresse d'un épagneul battu devant son chiot malade. Il ne posa aucune question et c'est à cela que l'on reconnaît les vrais.

– C'est quand on est triste qu'il faut faire la fête !

Il prit son téléphone, allongea les bras, chercha ses lunettes puis renonça, allongea de nouveau les bras, sortit ses lunettes d'une poche qu'il semblait découvrir, prit son carnet d'adresses des grands soirs (un objet mythique et indescriptible, plus sale qu'un carburateur de tracteur auvergnat) et commença à pianoter maladroitement.

– Ça va Bébert, laisse tomber, tout va bien, de toute façon, je vais devoir rentrer.

– Qui a dit que c'était pour toi ? Tu ne bouges pas sinon ce n'est pas la peine de remettre les pieds ici. Ce soir, on va remplir le bar et vider les bouteilles. Je suis triste et heureux et c'est pour ça qu'on va danser comme des Tziganes.

En moins d'une heure, tout le monde rappliqua. Le premier à arriver était Radovan, le turfiste, en prévenant comme il y a dix ans qu'il ne resterait pas longtemps, qu'il ne boirait que du thé, mais nous savions qu'il resterait jusqu'au bout, qu'il ne téterait pas que des glaçons le Radovan et que c'est lui qui finirait par aider Bébert à fermer boutique avant de rentrer en titubant. Puis il y eut des vieilles branches dont Jean-Philippe que je reconnus à peine. Il n'avait plus décuvé depuis la perte de son procès aux prud'hommes contre son ancien employeur qui avait comploté une faute professionnelle imaginaire pour le virer sans indemnités, il nous avait raconté vingt fois son histoire sans qu'on n'y comprenne jamais rien – Bébert le soupçonnait même de n'avoir jamais travaillé de sa vie. J'étais heureux de le revoir. Le temps avait bien travaillé. Son nez cachait ses yeux, son front était lacéré de cicatrices, signatures cruelles de portes, d'angles et de marches que son ivresse permanente avait dû rencontrer le soir en rentrant chez lui et qui lui rappelaient sans cesse la dureté du monde. Et puis, il y avait plein de nouvelles têtes, une voisine avec son petit chien prognathe qui demanda à Bébert comment confectionner un perroquet (elle prononça « perroquê », Dieu seul sait pourquoi), des jeunes qui égayaient l'atmosphère que tamisaient de vieux margoulins retirés des voitures, décorés des bagues et tatouages réglementaires. Enfin, Bébert me présenta avec insistance une jolie rousse, mais les quelques verres que j'avais descendus avaient déjà scié les pieds de ma courtoisie et je me moquai sottement de son prénom : Bétadine ou Métaline, je ne sais plus.

Puis quand Nono l'accordéoniste arriva, la soirée se déploya en 3D. Nous avons commencé à chanter puis à danser les bras levés comme si nous étions agités par le marionnettiste de l'ivresse et de la fraternité. Nous nous embrassâmes, Bébert et moi, des dizaines de fois, nous serrant comme deux compagnons de cellule avant la quille et nous nous déclarâmes notre amour réciproque. Toutes les dix minutes, il m'attrapait par l'épaule et m'exhibait à tout le monde, tel un trésor de guerre :

– Lui, on n'y touche pas, c'est compris. C'est mon pote !

– Et moi, chuis pas ton pote ?

– Toi, Jean-Phi, t'es ma rente, alors c'est pareil. Le premier qui te touche aura affaire à moi.

Et il attrapa Jean-Philippe de son autre bras et nous serra tous les deux contre sa poitrine comme s'il tenait deux enfants et même si j'avais du mal en voyant Jean-Philippe d'aussi près à imaginer qu'il puisse être mon frère. Alors que l'ivrogne décalaminait son haleine sur mon visage, Bébert harangua Nono l'accordéoniste pour qu'il joue plus fort et plus vite.

Des soirées chez Bébert, nous en avions vécu beaucoup, mais celle-ci avait un parfum d'éternité. J'ai pensé que c'était peut-être la dernière.

Métaline avait retiré son chemisier et dansait en soutien-gorge transparent une sorte de flamenco qui fit lâcher les verres à tout le monde, même à Jean-Phi. Puis, tout en regardant Métaline envoûter la salle, l'un des jeunes, assis sur le comptoir commença à remplir les verres à liqueur avec un entonnoir.

C'est le moment que choisit Nono pour entonner la chanson de Pauline, celle qu'elle chantait tous les jours de sa vie.

J'ai croisé le regard de Bébert une dernière fois. Il savait. Je suis sorti sans rien dire. C'était mieux comme ça, celui qui part trop tôt est toujours un briseur d'ambiance, il rappelle aux autres la grisaille du monde extérieur, que l'alcool et la chaleur humaine leur avaient fait oublier.

Il vaut mieux partir en douce quand on part trop tôt.

J'ai marché longtemps, dans les pas de la mélancolie et de l'ivresse qui décline. On se sent parfois plus vivant à être malheureux.

Sur la passerelle de la Grande Bibliothèque, je me suis accoudé au bastingage la lettre entre les mains et j'ai commencé à jouer avec. Je la lâchais et la rattrapais au vol comme on peut faire avec un rond à bière quand on s'ennuie. Il y avait un peu de vent et il fallait faire preuve de réflexe et de dextérité pour ne pas la laisser s'échapper si bien que je n'aurais pu dire si c'était à ma dextérité, à l'alcool ou au vent que je m'en remettais. Puis je me suis lassé et j'ai finalement lâché la lettre de Pauline qui voltigea moins que je ne l'avais espéré, le vent ayant accéléré sa chute. À ce moment-là, une dame qui avait vu mon geste passa avec son chien :

– Vous n'avez pas honte ! Jeter n'importe quoi dans la Seine… elle est pas assez crade comme ça ?

À Paris, même à deux heures du matin, il y a des badauds avec des chiens. Sa voix se perdit dans un dialogue de sourds avec son compagnon tandis que je regardais la lettre qui m'indiquait le sens et la vitesse du courant. Elle resta longtemps à la surface de l'eau, puis comme tout, finit par se perdre dans l'obscurité.

## 21
## LA LETTRE ET LE BRAS ROULÉ

Une mouette flirta avec la surface de l'eau, plongea et repêcha la lettre. Elle dessina une parabole parfaite pour rejoindre le quai au-dessus duquel elle laissa s'échapper l'enveloppe qui atterrit quelques mètres plus bas sur la boîte à hameçons d'un pêcheur de nuit, spécialiste des silures. Voici donc ce que le pêcheur lut à la lueur d'une lampe de poche.

*Paul,*

*Ce que j'ai à te dire est douloureux, mais il n'y a pas cinquante manières de le dire : je ne t'aime plus. Tu as été le grand amour de ma vie, mais il est inutile de nous mentir, c'est fini, tu le sais aussi bien que moi.*

*J'ignore comment nous en sommes arrivés à nous éloigner autant l'un de l'autre, à nous perdre au point de ne plus faire l'amour, de ne plus nous toucher, moi qui aurais voulu mourir entre tes bras.*

*Je crois que tout a commencé lors de notre voyage en Andalousie. À Séville, j'ai compris que je pouvais te perdre pour de bon. Il y a eu cette dispute pour cette bête histoire de chambre réservée à une mauvaise date, mais ce n'était qu'un prétexte, en réalité, j'ai senti tout au long du voyage que je ne t'étais plus indispensable, que tu vivais parfaitement le monde sans moi, que les paysages, le vin, les parfums te suffisaient, que ma présence perturbait ton air, rayait la laque de ton décor. Pour la première fois, je me suis sentie fragile à tes côtés, je t'ai senti partir, petit à petit, comme une vapeur, et je n'ai jamais su comment faire pour te retenir, pour te ramener à moi.*

*J'ai pleuré beaucoup, beaucoup plus que tu ne l'imagines et je t'en ai voulu affreusement de ne pas t'en être rendu compte, d'être tout à toi dans cette assurance si bien assise que tu t'es construite au fil du temps quelque part dans cette couche tiède entre le bonheur et le malheur. J'en ai voulu à ton, excuse-moi, égoïsme, ton indifférence. Tu n'as pas toujours été comme ça, Paul. Tu es devenu pour moi une sorte de monolithe, un bloc trop large que je ne savais plus enlacer. Toi qui haïssais la radinerie des sentiments, ceux qui calculent en amour, ce que tu appelles « les amours gestionnaires », eh bien admets que nous avons fini par devenir ce couple de comptables. Tu as commencé à calculer tes efforts et je suis devenue pingre entre tes bras. Et tout ce qui était beau est devenu laid. Nous sommes devenus un couple laid, Paul. Et on ne survit pas à la laideur, même en s'accrochant au souvenir de la splendeur que nous avons été.*

*Excuse-moi pour ces mots, mais je suis obligée de te les écrire. Tu dois comprendre pourquoi je pars. Je ne veux pas te laisser dans le vague. Je ne veux pas non plus te faire de reproches, je voudrais que cette lettre soit aussi une lettre d'amour, que tu la lises comme ça, un amour qui s'achève, mais qui laisse un précipité en chacun de nous. Je pars aussi pour préserver le peu qui nous reste.*

*Et pourtant, il y a quelques mois, je n'aurais pu imaginer t'écrire une telle lettre. J'aurais aimé qu'on se jette tous les deux du haut d'une tour ou qu'on avale le même poison. Tu te rappelles la semaine que nous avons passée sur la Côte d'Azur – le jour où nous avons gravi le Baou de Saint-Jeannet, tu ne m'avais pas adressé la parole de la matinée. Pendant toute la montée, j'ai pensé qu'une fois arrivés en haut, je nous jetterais tous les deux, qu'il n'y aurait pas de plus belle façon de ponctuer notre amour. Je te jure que j'étais prête à le faire, j'ai travaillé sur ma peur tout au long de l'ascension, je m'y étais préparée et je sentais mes genoux trembler à chaque pas. Et puis là-haut, tu m'as prise dans tes bras et tu m'as embrassée, langoureusement, comme tu ne l'avais plus fait depuis des mois comme si tu avais perçu ce qui se passait en moi. Alors j'y ai cru de nouveau. J'ai cru que tu lisais de nouveau dans mes pensées, que tu étais une part de moi. Mais cela n'a pas duré. On ne peut pas supporter d'être rejetée constamment, Paul. Ton inconsistance ne cessait de me torturer. Tu n'as cessé de couler comme un sable entre mes doigts.*

*La dernière chose que j'ai trouvée pour me préserver était de m'éloigner à mon tour, de te faire subir ce que j'endurais depuis des mois. J'ai pensé que cela te ramènerait. Mais à force de m'éloigner, j'ai fini par me détacher de toi. Assez pour te dire aujourd'hui que c'est fini, que je ne reviendrai plus.*

*Avant, quand je voyais quelque chose de beau et que tu n'étais pas là, j'étais triste, j'aurais voulu être capable de mettre cette belle chose dans une petite boîte pour te l'offrir. Aujourd'hui, quand je fais l'expérience de la beauté, c'est à un autre que je pense.*

*Tu as été ma jeunesse, la plus belle, je t'ai donné ce que j'avais de mieux. Je sens aujourd'hui que ma peau se flétrit et cette peau sèche, je préfère la donner à un autre.*

*Cet enfant que nous n'avons pas eu, ce n'est pas le sort qui nous le refusait, mais c'est mon corps. Je le sais à présent. Dans notre histoire, il n'y avait de place pour personne d'autre, fût-il le fruit de notre amour.*

*Maintenant j'aimerais te dire une dernière chose, peut-être la plus importante, tu es...*

Malheureusement, la mouette était arrivée trop tard et le fleuve avait eu le temps de manger les derniers mots de Pauline. Le pêcheur froissa le papier, fit couler un petit jus de Seine et d'encre sur la dalle et d'un bras roulé digne de

Kareem Abdul-Jabbar, envoya la boule de papier mâché en direction de la poubelle.

Manqué. Un demi-mètre trop à gauche.

## 22
## PUPPO BELLO DELLA MAMMA

Je pris encore quelques jours pour embrasser mon père qui vivait sa passion des reptiles dans un zoo du sud de la France. Je ne l'avais pas vu depuis des années et son sourire dissimulait mal son embarras. Autour de lui était enroulée une sorte de boa dont il me révéla le nom scientifique compliqué qui suivit un courant d'air entre mes deux oreilles.

Il voulut me servir un café, mais il n'avait pas de café, puis un jus d'orange, mais il n'avait pas de jus d'orange. Il prit la bouteille de whisky et la reposa. Il n'a pas osé me proposer un whisky à dix heures du matin. Je me suis retrouvé assis à la table de son salon-vivarium avec un verre à moutarde Astérix rempli à ras bord d'une eau du robinet qui avait débordé et dessiné un petit halo tout autour du verre et dans lequel se dilataient lentement des miettes de pain de repas différents, exactement comme lors de ma précédente visite. Le courant était toujours très mal passé avec Pauline et nos relations étaient au point mort depuis la disparition de ma mère.

Sur son buffet, une pile gigantesque de courrier non ouvert me rappelait l'un des refrains de mon enfance – « fais comme tu veux, fils », leitmotiv que j'interprétais les bons jours comme une incitation à l'épanouissement, les mauvais comme l'expression de sa plus grande indifférence et il y avait beaucoup de mauvais jours.

Sur la table, quelques coques de cacahuètes avaient échoué ventres à l'air sur le bord d'une assiette en papier à cheval sur un plat en inox mal monté. Quand ma mère le quitta, il adopta cette habitude de n'utiliser que des assiettes en papier. Pendant plusieurs mois, il avait utilisé les six mêmes assiettes en porcelaine sans jamais les laver, passant de temps en temps un vague filet d'eau, mais ne frottant jamais, pas même avec une fourchette si bien que la surface ignoble s'obscurcissait au point de ne plus voir la petite nature morte de pommes et de poires qui amusait le centre de la porcelaine. Puis, lorsque la chose était devenue insoutenable, il les avait jetés et en avait acheté d'autres. Il renouvela l'hérésie jusqu'à ce que lui monte au cerveau l'idée géniale d'acheter des assiettes en papier. C'était son idée de l'écologie, il méprisait d'ailleurs la nature et les animaux à l'exception de ses prédateurs rampants qui ne manquaient de rien.

Il ne me posa aucune question sur mes projets, prit acte de ma décision d'expatriation. Il n'y vit aucun bénéfice pour lui-même : il jugeait l'Europe centrale comme un espace neutre pour les reptiles et je vérifiai une nouvelle fois que c'était aussi un peu ce que j'étais pour lui, un espace neutre.

Je ne lui ai pas imposé ma présence plus longtemps et l'ai préservé de toutes les questions fondamentales qu'un fils se doit de poser à un père évanescent.

Dans le train qui me conduisait sur la tombe de ma mère, un homme assis à côté de moi lisait un magazine féminin qui proposait l'un de ces tests qui est à la psychologie ce que le nugget de poulet est au magret de canard au miel épicé (800 g de magret de canard, 200 g de miel d'acacia, 8 g de cardamome, 5 g de graines de coriandre, 10 g d'anis étoilé, 5 g de baies de genièvre, 10 g de poivre en grains et bien sûr deux petits bâtons de cannelle) : « Êtes-vous en phase avec vous-même ? » Je sautai l'infecte formulation « en phase avec » et parvins, du coin de l'œil, à voler quelques questions, feignant d'être plongé dans le *Miracle en Bohême* de Josef Škvorecký qui avait pour mission, après Forman et les autres, de continuer à déniaiser ma culture tchèque. La dernière proposition m'occupa plusieurs kilomètres :

Quand, pour la dernière fois, avez-vous fait l'amour sur votre initiative ?

a. Il y a un jour
b. Il y a une semaine
c. Il y a un mois
d. Je ne me souviens plus

D'une idée à l'autre, je me rappelai tout à coup que, parce que j'avais l'habitude de retirer mon pantalon, et de me balader à poil en toute occasion, ma mère m'avait affublé du surnom peu enviable de « Cucul ». « Il a toujours le cul à l'air ce gosse », disait-elle au facteur, à la voisine, à la maîtresse. Pour ma mère, j'étais devenu « Cucul » en privé comme en public. Cette marque contestable de tendresse – « Viens ici mon petit Cucul, viens voir ta maman » avait fini par me lasser et c'est aux environs de mes dix ans que je me révoltai contre ce sobriquet qui, je le sentais déjà, pourrait me porter préjudice. Mais en filant vers le cimetière et en répondant en moi-même à cet imbécile de questionnaire, me saisit une question plus troublante encore, question que je ne m'étais jamais énoncée, mais qui tout à coup s'imposait à moi avec l'évidence d'un nez rouge accroché au visage d'un croque-mort : Pourquoi ne m'a-t-on pas plutôt appelé Kiki ? C'est vrai ça, pourquoi Cucul et pas Kiki ? Lequel des deux était *normal, marrant ou choquant* ? Cette question avait ouvert un puits dont le fond reculait à mesure que je le sondais et elle courut sur les rails de mon esprit sur une bonne cinquantaine de kilomètres avant de me lâcher la manche dans un ultime effort d'autosuggestion et de m'autoriser une replongée dans ce classique de la littérature tchèque contemporaine.

Sur la tombe, la photo en céramique commençait déjà à s'effacer malgré toutes les belles promesses du croque-mort, qui répétait à l'envi le mot « éternité » et qui n'avait que l'expression « pour toujours » à la bouche. Il aurait mieux fait, lui, de mettre un nez rouge. Je pris une photo de la tombe, puis de la reproduction en céramique en train de s'effacer et je suis resté quelques instants assis en tailleur sur le gravier devant la pierre froide. Je me mis à chantonner la berceuse italienne que ma mère me susurrait en me caressant les cheveux les nuits de cauchemars :

*Fai la ninna, Fai la nanna*
*Pupo bello della mamma*
*Ninna oh, ninna oh.*

Je l'ai chantée en boucle pendant de longues minutes. Quand je me suis arrêté, une dame en robe noire reprit l'air à quelques tombes de là. Sa voix ressemblait à celle de ma mère, mais sa manière était autre et les trémolos excessifs qu'elle ajoutait me rappelèrent par contraste la pureté de la voix de mon enfance.

Je me sentis tout à coup terriblement seul. J'étais libre, mais de cette liberté qui résulte de l'absence. Il était temps de partir.

En passant derrière la femme à la robe noire, je vis sur la tombe dont elle arrangeait les fleurs, la photographie délavée d'un enfant rieur. Elle avait, elle aussi, arrêté de chantonner.

De retour dans la capitale, je m'octroyai encore quelques jours pour solder ma vie parisienne. Je confiai mon appartement à une agence, fis une croix sur mon allocation-chômage devant les premières difficultés des démarches à entreprendre et je réunis le nécessaire. Je savais que je partais pour longtemps, résolu à me consacrer aux choses essentielles, et j'avais pour cela un projet à ma mesure : retrouver dans un pays à la langue inconnue, la mère d'un faux plombier exilé qui figurait sur une vieille photo floue.

J'ai acheté un peu de littérature tchèque, quelques DVD, une grande valise et je me suis envolé.

## INTERLUDE

Quelques jours après la mort de l'historien à la casquette rouge, le pauvre Pavel partit à son tour et abandonna Ota, son ami de toujours. Le médecin invoqua une faiblesse cardiaque aggravée par un penchant obstiné pour la bouteille. Le terme *obstiné* lui fendit l'âme. Il ne crut pas un mot du médecin. Il s'était forgé sa propre idée sur l'affaire et tenait l'étang pour responsable.

La mort de Pavel fit basculer Ota dans un tonneau de noirceur qu'il n'avait connu qu'à la disparition de sa mère. Avec Pavel, c'était la dernière part de lui-même qu'il venait de perdre et il savait qu'il ne la retrouverait jamais plus. C'était comme si on l'avait vidé à la petite cuillère, comme on racle pour ne pas gâcher, la croûte interne d'un avocat.

Il savait également qu'ayant, lui aussi, plongé dans cette eau maudite, on pourrait à tout moment lui trouver une faiblesse cardiaque et un penchant trop prononcé pour l'alcool. Mais plus rien ne lui importait que l'étang.

Alors, il réunit tout ce qu'il avait de Javel, de mort-aux-rats, d'huile de vidange et il ajouta même un dé d'arsenic qu'il avait trouvé dans la vareuse d'un soldat allemand et qu'il avait justement mis de côté en prévision de circonstances tragiques. Il fit avec tout cela une mixture innommable dont il remplit à ras bord une petite citerne qu'il harnacha à son dos.

Il partit ainsi bardé pour l'étang.

Quand il arriva aux abords du plan d'eau maudit, il eut une hésitation.

– Nom de Dieu, mais où est-ce qu'elles sont ?

La surface semblait plus morte que le costume d'un macchabée, pas une seule carpe ne brouillait les reflets du ciel d'été. Il devina que par leur absence, elles cherchaient encore à se moquer de lui.

Ota sortit une petite flasque de sa poche et avala une rasade de slivovitz. Il en avait bien besoin pour analyser la situation. Il prit une pierre et la jeta au milieu de l'étang, mais il ne vit pas d'autres réactions que quelques bulles et les fameux cercles concentriques.

– Mais où sont-elles ces connes ? C'est à se gratter la tête avec une patte d'alligator, pensa Ota.

Et puis, là, à un mètre du bord, sur la surface à peine balayée par l'onde, dans le reflet d'un petit nuage touffu, il vit se dessiner lentement, comme apparaît l'image dans le révélateur, le visage de son ami Pavel.

Pavel, son semblable, son frère.

Il fallait en finir. Il dévissa alors le couvercle de son bidon et déversa, en prenant bien soin de ne pas se trouer les chaussures, sa mixture infâme dans cette eau diabolique.

Ota s'assit à deux mètres du bord et attendit longtemps. Il voulait assister à la remontée des corps des carpes-amour, les voir recouvrir intégralement la surface de l'eau, comme des bulles mortifères.

Mais même ce petit plaisir, l'étang lui refusa. Les quelques heures qu'il passa à scruter la surface lui laissèrent le temps de vider sa flasque de slivovitz et de regretter plus d'une fois de ne pas avoir emporté toute la bouteille.

Peu avant le crépuscule, il abandonna la partie. Il décida de rentrer à Blednice sans savoir si le poison qu'il avait versé avait tué les carpes et définitivement empoisonné cette flaque d'eau de malheur, ou si par l'un de ces coups de queue du diable, elles avaient disparu d'elles-mêmes.

Il prit son bidon vide et tourna le dos à l'étang.

– Voilà, mon Pavlik, j'ai fait ce que j'ai pu. Attends-moi gentiment maintenant.

Derrière lui, il n'y eut pas même un changement de lumière quand il quitta la clairière pour la dernière fois.

# QUATRIÈME PARTIE

## 23
## LA PETITE FLÛTE INFORME

J'ai passé la main sous les fesses de Lénine et j'ai tâté un moment avant de trouver la clef. Je me suis demandé combien d'années de prison aurait pu me valoir ce geste avant la Révolution.

À peine la porte ouverte, une odeur de poussière, de vieille culotte et de rongeurs morts me sauta au visage comme un enfant espiègle. Veselá avait dû mourir asphyxiée. Et pourtant, j'étais content de ne pas retourner à l'hôtel et d'échapper à l'infamie du touriste.

La décoration était somme toute banale et j'étais presque déçu de ne pas y retrouver la fantaisie de Veselý. Cela ne m'aurait pas déplu de m'allonger sur un lit-boîte à ciseaux ou un canapé-portefeuille, mais c'était tout simplement une vieille maison de vieux avec une vieille odeur et des vieux objets de toute une vie, de ces bibelots plus ou moins chargés d'une affection que le visiteur devinait sans la ressentir. La mort du propriétaire vide ces petites choses de leur sens quand il n'y a pas le récit pour les prolonger. C'est comme ça que la petite flûte taillée dans un roseau au milieu des bombes, de la boue et du sang, objet que le meilleur ami avait retrouvé dans la poche de l'homme tombé dans les tranchées et qu'il avait ramené à sa femme se contentant d'un « il me parlait tous les jours de vous. Je suis désolé », eh bien cette petite flûte informe qu'elle avait gardée toute sa vie comme un trésor et dans laquelle plus personne n'avait soufflé depuis cinquante ans pour préserver la mémoire du dernier souffle de l'aimé, cette relique donc finit d'un geste dans la poubelle d'un arrière-petit-fils sous la froide sentence : « Et en plus, elle joue faux. »

Mais en dehors d'un sablier en cristal à l'intérieur duquel on avait remplacé le sable par un petit béton qui rappelait le poids du temps, on ne trouvait rien de la poésie de Veselý. C'était la maison familiale et les goûts du fils avaient, semblait-il, assez peu imprégné la mère, une « pitié » pour le futur biographe. En revanche, je retrouvai tout le style de Veselý dans la note qui traînait sur la table de la cuisine :

*Camarade Paul,*

*Tu peux disposer de la maison comme tu le désires, y inviter qui tu veux, le transformer en lupanar pour unijambistes lubriques et jouer avec les objets comme tu l'entends à l'exception du sablier que tu as déjà dû remarquer sur le buffet, on ne peut le manipuler qu'avec d'infinies précautions or j'y tiens beaucoup pour des raisons que je te raconterai peut-être un jour. Tout le reste, je m'en fous, tu peux éventrer les coussins du salon, en faire un petit tapis évolutif, démonter les meubles de la cuisine et les transformer en cercueil pour petite renarde rusée ou accrocher au milieu du miroir de la salle de bains une fausse moustache dalinienne comme on en fait au cinéma et dans laquelle tu glisseras ton reflet tous les matins pour te rappeler que tu es un génie... Fais comme chez toi.*

À l'évidence, Veselý se faisait une autre idée de la charge affective portée par les objets ou peut-être avait-il des comptes à régler avec sa mère. Dans sa note, il avait ajouté quelques informations pratiques fort utiles. Je me précipitai sur le chauffage, car les gelées avaient malheureusement précédé le mois de novembre. Une promesse d'hiver rigoureux, mais authentique, pensai-je.

*Tout est à toi et fais-en bon usage, petit scarabée, tonton revient bientôt. Honneur au travail.*

Soit, honneur au travail... Je fis un rapide tour du propriétaire jusqu'au garage où se trouvait le reste des œuvres de Veselý. Il y en avait encore plus que je ne le pensais. J'avais dans l'idée pour le remercier, de répertorier ses sculptures en leur donnant un titre, une petite description et une photographie avec l'ambition de démarcher quelques galeristes ou tout au moins d'aider mon généreux hôte à prendre des décisions à son prochain passage. Je doutais de la valeur intrinsèque de ses pièces qui selon moi étaient arrivées trop tard et dont le style avait depuis longtemps été capté par le design, voire la publicité. Mais l'ensemble formait une œuvre relativement homogène et les sculptures articulaient un regard malicieux sur le monde qui n'était pas déplaisant. Si Max Brod avait, selon une fausse légende, sauvé la littérature de Kafka, je me contenterais d'aider Veselý à ne pas tout jeter. Je pourrais ainsi partager mes journées en deux activités complémentaires :

Côté pile : la recherche excitante, mais incertaine de Rybová.

Côté face : l'étiquetage rébarbatif et apaisant des œuvres de Veselý.

Sur la tranche : il me resterait bien encore un peu de temps pour apprendre la langue et m'enfoncer dans la culture tchèque. Quelques noms chantaient déjà à mes oreilles : Bohumil Hrabal, Leoš Janáček, František Kupka, Jiří Menzel, Vítězslav Nezval, tous ces noms merveilleusement exotiques étaient mon port rempli de voiles et de mâts et préfiguraient, je l'espérais, les trésors de ma nouvelle vie. Je touchais à quelque chose qui ressemblait à la liberté.

À Paris, la cité vide les gens de leur art au profit du spectaculaire décor. Dans ce trou, tout redevenait possible. J'aurais bientôt trente-deux ans et il n'était pas trop tard.

Pour le côté pile, une idée me chatouilla les moustaches dans l'avion. En tentant d'ignorer l'arrière-train menaçant d'une femme pressée de voir se libérer la cabine des toilettes, j'ai pensé à une chose très simple : si le photographe avait sévi à Blednice et que l'une de ses images avait atterri chez Veselý, peut-être que d'autres anciens pourraient identifier le photographe et nous mettre sur la voie. Il me suffisait de m'installer sur la place, d'accrocher un hameçon et de jeter la ligne : un agrandissement de Rybová, une petite affiche en tchèque qui expliquerait ma démarche et attendre à côté que quelqu'un se manifeste. Étant donné la tranche d'âge visée, cela serait plus efficace qu'un appel sur le Net et me donnerait par la même occasion une bonne excuse pour recontacter Míla qui serait ravie de m'assister dans cette entreprise.

Elle répondit immédiatement à mon message. Elle était sur Prague afin de passer un casting « dégueulasse » pour une célèbre série télévisée tchèque et ne serait de retour que la semaine suivante. Je ne sus interpréter ce « dégueulasse », et je la voyais déjà aux prises avec un « Weinsteinek ».

Quoi qu'il en soit, rien ne pressait pour moi et ces quelques jours ne seraient pas de trop pour m'installer tranquillement, répertorier les sculptures et faire descendre ma pile de livres tchèques. Je décidai aussi de tenir un petit journal des opérations qui rendrait compte de tout cela à Veselý.

Je me suis assis sur l'odorant canapé qui n'était donc pas un portefeuille. Je m'aperçus tout à coup que la maison chantait. Il y avait des petits courants d'air qui travaillaient ici ou là les surfaces et les poutres qui par un miracle de la dynamique des fluides produisaient des sons étonnants, entre le dauphin du *Grand Bleu* et les borborygmes d'un sumo qui aurait mangé ledit dauphin, mais je m'en accommodais fort bien et je me persuadai que bientôt en eux chanteraient mes muses, et que je finirais par distinguer des mots, des phrases entières, des odyssées.

Alors, je me suis emparé du premier livre de ma pile et j'ai lu ceci : *Coufal, apporte-moi le poisson, dit Havelka en bourrant sa pipe.*

Cher Pavel Řezníček, cela commence bien ! pensai-je.

Et je m'endormis.

## 24
## LE RETOUR DE MÍLA

Depuis que j'étais à Blednice, personne ne m'avait encore conseillé de prendre du magnésium ou de pratiquer le yoga. À Paris, il n'y a pas un jour sans que l'on entende le mot « yoga » au point qu'on finit tous par s'acheter l'un de ces rouleaux de tapis souple qui enlaidissent les entrées et obstruent les placards. Cette injonction au bien-être par l'assouplissement des quadriceps me manquait assez peu d'autant que je trouvais dans la constitution du catalogue des œuvres de Veselý un effet de relaxation qui devait bien s'apparenter à celui de la respiration ventrale. Cela occupait ma pensée, me prémunissait du vide en structurant mes journées.

Ce travail de classement m'aida à reconsidérer les œuvres de mon hôte. Plus je les décrivais, plus je les appréciais. À bien les regarder, elles dépassaient la simple potacherie en ce que l'humour reposait le plus souvent sur le tragique. Le clavier « supprime » était sa vision absurde du langage, sa Vénus militaire mettait l'homme face à l'impératif de reproduction. Il y a dans la vision de Veselý toujours une force extérieure qui contraint ou réduit l'homme.

Je commençais à comprendre ce que l'œuvre devait au contexte communiste et ce que le contexte communiste révélait de la condition humaine. Le sablier rappelait L'Ennui fondamental de la poésie baudelairienne, mais aussi plus directement la grisaille inexorable d'un temps qui ne s'écoule pas, celui qui ramène sans cesse le même jour sans espoir de la *Normalisation*. Ses œuvres le rapprochaient un peu plus de moi.

Il avait même fabriqué pour les alcooliques l'inverse du pianocktail de Boris Vian : au lieu de composer des cocktails en jouant du Duke Ellington, il fallait verser des alcools dans une sorte d'orgue qui jouait en fonction des quantités et des degrés des mélodies selon un algorithme que seul Veselý devait connaître et que je me plus à reconstituer. Plus le degré d'alcool était élevé, plus les notes étaient graves. La quantité déterminait la longueur des notes. Je remarquai que Veselý avait programmé une exception pour la vodka qui produisait une sorte de pet que j'interprétais comme un message destiné à l'envahisseur russe. Ou peut-être n'aimait-il tout simplement pas la vodka. J'y jouai toute une soirée. J'avais acheté au hasard Balthazar quelques bouteilles d'alcool local et parce que j'avais compris comment récupérer l'alcool par en dessous, je bus pas mal et je fis de la drôle de musique. En me couchant, les muses de la maison chantèrent plus que la veille.

Tous les jours, j'envoyais des petits mots à Veselý qui m'aidait à trouver des titres et surtout à dater les œuvres. Cette occupation masquait avantageusement mon impatience à voir revenir Míla que j'avais nommée Initiatrice en chef. Je préparais soigneusement son retour en visionnant tout ce que je dégottais en films tchèques et slovaques, bien décidé à enfoncer la porte de ce fameux Cercle de cinéphiles. Mais elle avait raison, j'avais du retard à rattraper.

Je secouais l'arbre du septième art tchèque et je ramassais tout ce qui tombait, des fruits émouvants, bizarres et fascinants que je regardais deux fois d'affilée : *Les diamants de la nuit, Les petites marguerites, Záviš le prince du porno-folk* ou *L'oreille*. Je pris quelques notes pour préparer au mieux le test que Míla ne manquerait pas de me faire passer. J'inscrivais le titre, l'auteur, l'année de sortie et quelques remarques à chaud. Je transposais ma nouvelle activité de magasinier dans tous les domaines de mon quotidien. Lister, dater, répertorier, archiver me procurait un plaisir douteux d'ordre et de propreté que d'aucuns auraient trouvé fort utile en d'autres temps. Je réalisai tout à coup que rien ne me caressait mieux l'âme que la vision de dossiers bien alignés et de petits paquets dans leur couverture en papier kraft aux tranches bien tendues, paquets sur lesquels on avait inscrit une série de lettres et de chiffres que seul l'archiviste pouvait décrypter. J'ai pensé à notre merveilleux numéro de sécurité sociale qui code des éléments importants de notre vie. J'avais travaillé comme informaticien sur ces codes ultra-concentrés, ces pures essences du cryptage. Mon projet d'épitaphe biographique en vingt chiffres que je voulais voir graver sur toutes les tombes m'avait valu des regards inquiets malgré les avantages évidents pour le développement du tourisme cémétérial. Mais toutes ces inventions savantes ne valaient pas la merveilleuse simplicité du système que la musique classique avait su imposer : Sonate pour piano n° 32 en ut mineur, opus 111 de Beethoven. Type de composition : sonate, instrument : piano, position de la pièce dans ce type de composition : c'est la trente-deuxième rien que ça, tonalité : gamme d'ut mineur, position de la pièce sur l'ensemble de l'œuvre : c'est la cent onzième composition (belle proportion de sonates à ce moment-là de sa carrière), compositeur : le grand sourd. Avec Mozart, c'est encore plus beau, car l'archiviste y a laissé sa trace : concerto pour piano n° 21 en do majeur, K467 de Mozart. Ce *K* qui précède la position de ce concerto dans la chronologie des compositions de Mozart, est l'initiale de Ludwig von Köchel, l'homme qui a répertorié au XIX<sup>e</sup> siècle toutes les œuvres de Mozart. Il y a des faits de gloire plus minces. Mozart, Köchel 467! Wolfgang Schmieder, lui, avait été plus modeste en donnant à la classification de l'œuvre de Bach les trois lettres BMV qui en allemand signifient tout simplement « Catalogue des œuvres de Bach ».

Je fis la même chose avec les œuvres de Veselý. Après avoir hésité entre la gloire et la modestie, je choisis un entre-deux en utilisant l'initiale de mon prénom : *Escabeau qui s'élève vers nulle part*, bois, P. 39

Ce plaisir du classement me tenait dans un néant doux et confortable. Je savais que c'était exactement le type de pensées et de lubies contre lesquelles je devais résister comme j'avais résisté en pleine addiction du pneu au plaisir de photographier la courbure d'un *Goodyear Eagle F1 asymmetric* ou le dessin de la bande de roulement du *Yokohama BluEarth Winter V905*. « Je fais un travail utile à mon hôte et je prends des notes sur les choses essentielles de ma vie, c'est tout », voilà ce que je me disais pour lutter contre l'envie de répertorier et de classifier le monde entier. Ces deux forces qui me tiraillaient – la liberté tzigane et la raideur fasciste – semblaient se résoudre en moi dans ces lubies hirsutes qui me menaient par le bout du nez et que j'apprenais de mieux en mieux à apprivoiser. Ces obsessions m'avaient éloigné de toutes les drogues, j'avais déjà fort à faire avec elles.

Je mis également en place un code compliqué pour répertorier mes notes sur le cinéma tchèque. C'est d'ailleurs après avoir mis un point final à ma petite recension de *Trains étroitement surveillés* et alors que je pensais au Rom et au facho qui se tenaient en moi par la barbichette que je reçus simultanément deux messages : l'un de Pauline et l'autre de Míla.

Le premier message de Pauline était une nouvelle déclaration d'amour. L'ironie me tenait par les cheveux et je me suis demandé quelle sculpture Veselý aurait bien pu en tirer. Chaque fois que je pensais à Pauline, c'était comme si on me jetait une lourde couette sombre sur la tronche. Je me retins de lui répondre « moi aussi » pour ne pas avoir à supporter sa guirlande d'excuses. Je me préparais à sortir les bouteilles et à faire chanter le cocktail-piano, quand mon téléphone fit tinter les deux notes du texto de Míla qui me sauvèrent de la mélancolie.

Je la retrouvai une heure plus tard, il faisait plus froid que dans un film russe et elle se moqua de ma petite veste parisienne que le vent glacial avait comme contractée et qui semblait m'en vouloir de l'avoir entraînée dans cette galère :

– C'est un peu comme marcher sur la plage avec des talons aiguilles, c'est joli les talons aiguilles, mais sur la plage, tu as l'air d'une conne.

Je lui promis de m'acheter un anorak et de ne pas la rater la prochaine fois qu'elle sortirait dans sa combinaison ouzbèke.

– Ah bon, t'aimes pas ?

Nous avons commandé deux bières aux *Belles Pertes* et je lui ai exposé mon idée de stand sur la place, mais en constatant la vigueur du froid et le monde qu'il y avait dans la brasserie, je me demandais s'il n'aurait pas été plus judicieux de s'installer à l'une des tables. Nous avons trouvé un compromis avec le patron, il m'autorisa à planter mon camp devant la brasserie pendant quelques jours, sous le porche, à condition que je ne parle pas de politique. Je gagnerais ainsi trois ou quatre degrés et je pourrais me réfugier de temps en temps à l'intérieur pour consommer. Tout le monde était content. Je constatai une nouvelle fois que tout était plus facile avec Míla.

Elle me raconta ensuite son séjour à Prague et le casting « dégueulasse » pour la série policière *Cul-de-sac*. Ils avaient besoin d'une pute qui devait mourir après seulement deux épisodes.

– J'avais rarement vu autant de filles, presque toutes magnifiques, et pour jouer un pauvre second rôle de catin au grand cœur... Certaines s'étaient mises en tenue de combat. Le couloir était bondé de filles en guêpière, cuissarde et jarretelles avec du maquillage criard qui agrandissait affreusement leurs lèvres d'un bon centimètre. Il y avait dans ce petit couloir assez de fond de teint pour repeindre la grande statue équestre de Jan Žižka. On aurait dit un commissariat à la frontière allemande.

Je ne comprenais pas. Elle m'expliqua que des petites villes s'étaient constituées à la frontière pour accueillir dans des bordels et des casinos les « bites allemandes » qui s'intéressaient moins à la beauté slave qu'au prix de la passe.

Pour le reste, elle se donnait peu de chances. Elle avait dit son texte simplement « sans chercher à faire pute ».

– Les putes parlent comme toi et moi... oui, enfin plutôt comme moi.

Nous allions nous lever pour nous rendre chez Veselý et rédiger l'affiche quand arriva Antonín. Míla me le présenta comme réalisateur de films expérimentaux et critique perçant. Grand blond délavé, il avait la minceur de ceux qui oublient de manger et n'avait rien sur le ventre pour retenir le pantalon. Quand bien même il se nourrissait, c'était le front pensif qui devait absorber toutes les calories. Il appartenait à cette catégorie de gars dégingandés et ondulants qui s'affaissaient totalement en s'asseyant, les épaules remontant jusqu'aux oreilles qui encadraient un regard inquiet. Je pensai que c'était peut-être à cela que devait ressembler un poète du XXI^e^ siècle.

Je ne pus m'empêcher de me demander s'ils avaient couché ensemble. Je crois que si j'avais eu le courage d'interroger Míla, elle n'aurait eu aucune gêne à me dire : « Mais oui, bien sûr ! » et Antonín n'aurait même pas relevé l'incongruité de la question, tant il semblait en lui-même. Son anglais s'accrochait à chaque *R* qu'il roulait comme une cantatrice lombarde dans un débit pourtant lent de petite rivière hollandaise. Je compris rapidement qu'il faisait partie du fameux Cercle. Il commanda un café et un cheesecake. Il était vraiment soucieux. Il s'était engagé trop avant pour la rédaction d'un article dans une revue de cinéma réputée. Le réalisateur du film était un ami proche de Vondráček, le rédacteur en chef, et tout le monde le savait. Antonín n'avait pas apprécié le film et redoutait de devoir mentir. Fallait-il se vendre ?

– Pourquoi ne le dis-tu pas tout simplement à Vondráček ? Il trouvera facilement quelqu'un d'autre pour rédiger l'article.

Mais c'était plus compliqué que cela.

– Et Vondráček saura que je n'affectionne pas Král. Tu sais pertinemment qu'il a pignon sur rue et puis je me suis engagé à accepter tout ce qu'il me propose. Je suis pas en position de faire la fine bouche. Et puis s'attaquer ouvertement à Král dans ma position de jeune loup de la critique, c'est d'une grande vulgarité et c'est pas mon genre.

Mais c'était encore plus compliqué que cela, il y avait une histoire de cul au milieu que malheureusement je perdis puisque Antonín et Míla s'étaient réfugiés derrière les broussailles du tchèque que j'écoutais comme on écoute une sonate. J'en appréciais les crescendi, les accents et les legati, les ruptures et le climat.

Et comme je ne connaissais ni la revue ni le réalisateur pas plus que le cul en question, je pris plutôt le parti de développer des théories inutiles comme celle du *petit gâteau*.

On peut distinguer cinq catégories dans la nature humaine en observant comment les clients mangent leur petit gâteau dans les restaurants (il existe une autre classification différente pour les gâteaux mangés seul chez soi) :

1/ Il y a les *Morfalous* qui se jettent dessus, la fourchette en avant et qui ne lève plus la tête avant d'avoir récupéré en mouillant l'index la dernière miette tombée sur la table : c'est l'enfance de l'art, certains y restent toute leur vie et pourquoi pas.

2/ Il y a les *Normés* qui alternent parfaitement, bouchées, regards, écoute attentive, découpe du nouveau morceau, petite-pause-pas-trop-longue-pas-trop-courte avant le rapproché de la fourchette, hochement de tête, petite phrase, bouchée, etc. : À fuir, ils sont l'ennui, ce que Verlaine a résumé en un vers : « Et le printemps en fleurs brille sur ses pantoufles. »

3/ Il y a les *Sophistiqués Pervers* qui gardent le meilleur pour la fin, qui minaudent, qui attendent que vous ayez terminé le vôtre, et savourent davantage l'idée de dégustation que la dégustation en elle-même : s'en méfier, ce sont les pires, derrière leur apparente élégance, un monstre sommeille, c'est à cette catégorie qu'appartenaient Gilles de Rais et l'urbaniste de La Courneuve.

4/ Il y a les *Altruistes envahissants* qui veulent à tout prix faire goûter tout le monde : ils sont l'autre face du *Sophistiqué pervers*, ils finissent par nous faire faire n'importe quoi – s'en méfier aussi.

5/ Il y a ceux qui oublient qu'ils ont commandé un gâteau : Antonín participait visiblement de la dernière catégorie, au grand dam de Míla dont les yeux espéraient plutôt la quatrième – c'est la catégorie la plus fascinante, on ne sait jamais ce qui peut en sortir.

Moi, j'appartenais à une sixième catégorie : ceux qui font des théories sur les gâteaux et sur les pneus, ceux qui classent et rangent les petits gâteaux par ordre croissant de taille avant de les manger en commençant par les positions impaires (1,3,5) puis paires (2,4).

Je commandai moi aussi une part de cheesecake que je partageai avec Míla. Après la première bouchée et alors que le ton tchèque montait entre Míla et Antonín, je notai mentalement : « Ne plus jamais bouffer de cheesecake avec une bière. »

Je profitai d'un demi-silence pour conseiller à Antonín de décaler le problème et de proposer un entretien avec le réalisateur plutôt que d'écrire un article honteux ou de se défausser. Il y est plus facile pour l'intervieweur d'y cacher son opinion et si le directeur de la revue et Král étaient amis, cela ne devait pas poser de difficultés à organiser.

Je me mis à exister dans les yeux d'Antonín. Je me débrouillais toujours mieux avec les problèmes des autres qu'avec les miens dans lesquels je pataugeais comme un enfant de trois ans.

– Ben, c'est pas con ça, ouais pourquoi pas...

Le serveur revint pour nous réarmer. Il était temps d'aller chez Veselý pour préparer l'affiche. Le jeune réalisateur nous suivit avec plaisir.

Sur le chemin, Míla reçut un appel et prit volontairement quelques mètres de retard. Antonín en profita pour m'expliquer comment il considérait son travail de menuisier :

– Quand je vois une étagère, que je commence à la poncer, je m'imagine qu'une caméra tourne derrière moi et que je joue le rôle d'un menuisier dans un film de Tarkovski, que chacun de mes gestes revêt l'importance de l'art, qu'il développe une fonction supérieure. Ou quand j'appose une cimaise sur le mur d'une vieille bourgeoise, je me passe mentalement les séquences d'un film et j'imagine que je les monte autrement et alors que j'applique une ligne de colle sur du bois, je crée en réalité un nouveau film. Quand je découpe les lames d'un parquet, j'imagine que je prépare le sol pour un tournage dans les studios Barrandov et que c'est sur ce parquet que s'allongeront les amants du prochain film de Béla Tarr. Tout cela est ridicule, mais je n'ai pas encore trouvé d'autres solutions pour l'instant. Au fond, je fais semblant de travailler, comme les gens le faisaient sous les cocos, sauf que je travaille vraiment et que je gagne du pognon, tu comprends ? Mais pour moi, la vie est ailleurs.

J'eus presque honte d'avouer que je ne travaillais plus, que je vivais à Blednice grâce à mes économies, au sens de l'hospitalité de Veselý, et bientôt aux revenus d'un appartement parisien et que tout cela, je le devais à ma passion pour Rybová et l'étiquetage, que j'aimerais éprouver ce feu du cinéma ou de n'importe quoi d'autre qui chauffe, plutôt que de devenir une sorte de petit rentier et que je serais même prêt à faire de la menuiserie pour ça, que cela ne me dérangerait pas d'éprouver le feu de la menuiserie.

– Ne me dis pas que c'est un beau métier ou je me barre tout de suite. J'en peux plus de tous ces gens qui adorent la menuiserie et qui se bouchent les oreilles ou chaussent leur casque dès que je me mets à poncer le plus petit rebord de fenêtre. Il n'y a rien de beau dans le ponçage d'une fenêtre. Alors on me parle de marqueterie et de noblesse du bois, mais ici jamais personne ne nous appelle pour de la marqueterie et quand j'annonce le prix d'une simple étagère, même en pin, on change d'avis et on me demande cette saleté de laminé dont le seul avantage est qu'il est imponçable. Alors je me dis « quel con ! », mais au moins avec cette saleté de laminé, pas de ponçage. Si tu veux mon avis, il n'y a que des protocommunistes pour trouver beau le ponçage d'une fenêtre et je me méfie de ces faux amoureux du ponçage comme de la peste. Je vais te dire ce qu'il en est, tu vas comprendre : parfois, je rêve qu'on est encore sous les cocos et que je représente le pays aux championnats du monde socialistes de ponçage manuel. Ne ris pas, putain, c'est terrible. Je ponce, je ponce, j'y mets tout mon cœur, mais très vite je me rends compte que mon papier de verre se délite. Je vois à côté de moi le Hongrois et le Polonais qui font de grands gestes et qui parviennent à faire revenir de grandes surfaces tandis que moi, je me débats avec mon papier qui tombe en lambeaux dans des petits gestes masturbatoires. Je mets toute mon énergie, mais j'entends tout le monde se marrer derrière moi. Au micro, le commentateur fait des blagues sur ma pomme et sur les Tchèques. Bien sûr, non seulement je finis dernier, mais j'établis en plus un record de nullité. À la remise des prix, je regarde le Rabot d'or me passer devant les yeux et je dis à mon entraîneur « c'est à cause du papier, on nous l'a saboté ». L'entraîneur me traite d'imbécile, ajoute « tu es la honte de la Tchécoslovaquie » et alors je vois arriver un clown qui me remet l'Œillet de plomb de la dernière place. Et tout le monde rit. Voilà à quoi ressemblent les rêves d'un menuisier. Tu en veux toi des rêves de menuisier ? Je fais du cinéma pour essayer de me fabriquer de nouveaux rêves. Alors moi, depuis quelques mois, je travaille la force mentale, comme un moine bouddhiste et alors que je ponce, que je respire cette saleté de poussière de bois qui doit déjà recouvrir toute la paroi de mes poumons, je me dis, je ne ponce pas, je ne ponce pas l'encadrement d'une fenêtre, non, ce n'est pas ça que je fais, en réalité je caresse un billet pour le dernier film de Nuri

Bilge Ceylan dans la grande salle du Světozor à Prague, et alors je vois le grand escalier qui descend vers la salle du Světozor, les vieilles affiches des années 60 me regardent, et puis je pénètre dans la grande salle du Světozor avec son grand écran, je m'installe sur l'un des fauteuils de la travée principale, celle qui est un peu plus large que les autres et je caresse mon billet, tu vois, comme ça, en attendant que la lumière s'éteigne.

Antonín était doué d'une belle force de suggestion et quand il caressait d'une main, le dos de son index, je ne savais plus s'il ponçait une cimaise, s'il caressait son ticket ou tout simplement son index.

– Sous les cocos, les artistes en liquidation avaient même développé une théorie pour rendre supportable leur quotidien d'ouvrier ou de livreur : ils appelaient cela « le destin artificiel ». Ça consiste à se fabriquer un quotidien le plus contraire à ses aspirations naturelles. C'est comme ça que notre romancier Hrabal brûlait des livres ou que les poètes asthmatiques se retrouvaient à la fonderie et clamsaient dans l'année. Et toutes ces théories d'esclavagistes sur la contrainte qui décuplent l'inspiration, ben, je peux te le dire, c'est de la belle connerie, je compte bien le prouver. Moi, dès que je le peux, je range le riflard et ça ne saurait tarder. Je n'ai pas vécu tout le bordel, 89 et le reste, mais je sais comment c'était avant sous les putains de cocos. Aujourd'hui, je suis artiste et menuisier et j'en ai plein le cul d'être menuisier.

J'étais mal placé pour le contredire. L'idée me traversa de l'inviter à partager la baraque de Veselý, mais je me tus par prudence.

Une fois arrivés, nous nous mîmes au travail avec Míla malgré les bruits étranges de courants d'air qui l'effrayaient.

Je tentai de la rassurer – « ce sont des muses » –, mais à chaque fois qu'une stridence résonnait, elle s'interrompait, ouvrant des yeux plus grands que les phares d'une Trabant.

Le jeune menuisier s'ennuyait. J'ai réuni quelques bouteilles et lui ai montré le fonctionnement du cocktail-piano. Je dus reconnaître qu'Antonín jouait mieux des bouteilles que moi si bien que, très vite, une bande originale de space opera accompagna notre réflexion.

Après quelques points de débat, nous aboutîmes à une version anglaise acceptable que Míla traduisit rapidement en tchèque :

*Je m'appelle Paul, je suis français, je parle anglais et allemand. Je recherche des renseignements sur Veronika Rybová qui a disparu à Blednice en 1977 ou sur le photographe qui a pris le cliché. Merci d'avance pour votre aide.*

Míla avait insisté pour y ajouter mon numéro de téléphone et mon adresse électronique en arguant que j'aurais plus de chances d'obtenir des informations. Celui qui savait quelque chose n'aurait pas forcément envie de l'afficher sur la place aux yeux de son voisin ou de son médecin. On était restés méfiants quand il s'agissait de cette période.

Un nouveau coup de téléphone nous interrompit. L'affaire de Míla semblait compliquée, je la regardais discrètement du coin de l'œil. Elle faisait des petits gestes secs près de son visage comme si elle ponctuait des refus.

Antonín revint alors du garage si enthousiaste que son pantalon avait encore baissé d'un cran et ne tenait plus que grâce au léger rebond que dessinait la base de son pénis. (Ou peut-être avait-il attaché à cet endroit une épingle à nourrice ? Faut-il vraiment tout savoir ?) Les petits vaisseaux grenadins de ses yeux prouvaient qu'il avait bien compris comment récupérer l'alcool par en dessous.

– Quelle merveille cette machine, Paul ! Tu pourrais me procurer les plans ?

Je lui ai parlé de Veselý, de Boris Vian, je lui ai montré les œuvres du maître. Antonín avait quitté cet air soucieux, il passait d'une œuvre à l'autre comme un enfant pauvre enfermé pour une nuit dans un magasin de jouets. Je lui ai sorti mon dossier et nous avons discuté de mes titres qu'il trouvait trop descriptifs. Je notai certaines de ses poétiques propositions pour les soumettre le lendemain à Veselý qui en validerait les trois-quarts. Il sortit son mobile et commença à tourner des plans des statues en faisant onduler à contre-jour une petite lampe torche autour des formes. L'alcool et Veselý avaient métamorphosé notre menuisier.

Je profitai de son enthousiasme pour lui demander de m'admettre au Cercle, ne serait-ce qu'une fois. Il accepta sans réfléchir. Míla qui revenait d'on-ne-sait-où fit la moue.

– Ce n'est pas ce que l'on avait dit, Antonín. Il faut qu'on en discute tranquillement.

Je leur fis un rapport sur *Trains étroitement surveillés*, en piochant allègrement dans ma petite recension de la veille :

– Je dois vous dire que j'ai adoré. C'est un film presque aussi gracieux que *Les Amours d'une blonde*. Il y a une séquence magnifique où le héros, Miloš, loue une chambre d'hôtel et se coupe les veines parce qu'il n'arrive pas à « devenir un homme ». Les plans sur le garçon sont alternés avec des plans d'un ouvrier qui fait un trou dans un mur. Miloš fait couler un bain chaud et sort deux rasoirs. Pendant ce temps, l'ouvrier continue de creuser son trou. Le montage alterné est très réussi. L'ouvrier finit par percer la cloison et découvre le corps du jeune homme dans son bain de sang. L'ouvrier arrive à temps et sauve Miloš.

Le plan de Menzel est étonnant, on a une sorte de Piéta politique – le jeune homme qui ressemble un peu à son pays, sauvé par les bras puissants et communistes d'un ouvrier ; sauf qu'entre dans le champ de la caméra une affiche représentant une main de vampire au-dessus de Prague, une main frappée de la faucille et du marteau, propagande nazie que Menzel détourne malicieusement. Ensuite, le jeune homme se réveille à l'hôpital. Il y a, à ses côtés, un médecin compréhensif qui lui explique ce que c'est qu'être éjaculateur précoce et lui donne quelques conseils. Il dit cette phrase merveilleuse pour un médecin : « Il ne faut pas que tu penses trop à la chose, pense au football. » Ce qui m'a le plus touché c'est ça, cette manière tragicomique de coudre le personnel, le politique et l'universel.

Il y eut un silence difficile à qualifier. Antonín se tourna vers Míla :

– Pas mal, non ? On peut au moins lui donner une chance.

Míla hésitait.

– Mais qu'est-ce que tu nous fais là ? T'as décidé d'être plus rigide qu'un sous-préfet ? On va finir par se faire chier dans ce Cercle...

L'attaque d'Antonín toucha sa cible. Il devait vraiment bien la connaître.

– Bon, on règle cette affaire de Rybová et je te présente aux autres.

Plus tard dans la soirée, Míla remarqua pour la première fois le tatouage sur mon poignet.

– C'est quoi cette horreur ?

– Moi, j'aime bien, corrigea Antonín à qui l'alcool rendait un peu de bonté.

Alors, je leur ai raconté Pauline, la preuve d'amour.

– Ce n'en est pas moins laid.

Elle avait raison, mais je ne pouvais pas me couper la main. Elle ajouta en m'attrapant le bras :

– Tu sais, les Grecs pensaient que l'âme n'est pas enfermée dans le corps, mais se déplace sur la peau.

Elle ferma les yeux et d'un doigt fit mine de suivre mon âme depuis l'épaule jusqu'à l'avant-bras en dessinant des circonvolutions, comme une feuille qui tombe de l'arbre. Arrivée devant le *FUCK!* elle s'arrêta, ouvrit les yeux, me regarda de manière ambiguë et dit :

– Je l'ai perdue. Elle a dû s'évaporer.

Il devait y avoir un message, mais je m'en moquais et j'avais trop bu pour raffiner. En revanche, à ce moment très précis, j'eus follement envie d'elle. C'était la première fois.

Il n'y avait plus assez d'alcool pour faire marcher le cocktail-piano. Antonín profita d'un nouveau coup de fil de Míla pour s'approcher et me dire *sotto voce* :

– Míla aime la liberté au-delà de tout. Tu coucheras peut-être avec elle, mais tu ne l'attraperas jamais. Et c'est mieux comme ça, mon ami, crois-moi, sans quoi tu finirais comme ces chiens qui claquent des dents aux fenêtres des voitures.

Il crut bon d'ajouter : « On n'attrape pas le vent. »

Il avait dit cela sans animosité, sans jalousie, mais dans une complicité masculine d'après minuit. J'ai pensé aux moulins qui transforment l'air en pain, mais je les ai gardés pour moi.

Ils repartirent bras dessus bras dessous traçant la ligne brisée caractéristique des soirées réussies.

Je savais désormais qu'ils avaient couché ensemble.

De retour dans le salon, j'entendis quelque chose comme un miaulement que je mis d'abord sur le compte de la dynamique des fluides. Mais je vis alors sur le canapé un petit chaton tigré. Il lui manquait une oreille et son pelage était à moitié cramé – une véritable publicité pour l'adoption. Je n'avais pas de lait, je lui servis une petite coupelle de crème fraîche liquide périmée. Je le pris avec moi sur le lit. Il avait l'air de se sentir bien à mes côtés et il tombait à pic. Mais il était trop tôt pour lui donner un nom.

## 25
## LES AIRES D'AUTOROUTES SLOVÈNES

Installé sous le porche des *Belles Pertes* avec mon panneau mal branlé, mon agrandissement flou et mon texte de ventriloque, je me suis senti tout de suite aussi à l'aise qu'un alexandrin de treize syllabes au milieu d'une tragédie de Racine. Et la colonne mariale semblait n'avoir été élevée sur la place que pour en témoigner.

Ma première journée avait été longue et Míla voulait tout savoir :

– Ben raconte !

C'était comme si j'avais visité le cabinet de curiosité de la ville. Je ne savais par quoi commencer. J'ai passé sur le froid lancinant qui m'avait transpercé lentement comme un ongle qui pousse dans la peau, j'ai passé aussi sur les remarques moqueuses que les habitués des *Belles Pertes* me livraient en espéranto à chacune de leur cigarette et qui se corsaient avec l'heure et le taux d'alcoolémie, j'ai aussi passé sur l'intervention d'un grand homme au faciès chiraquien, tenant un sac à main de femme (celui de Bernadette, ai-je pensé) qui vint à moi rouge de colère et m'engueula en tchèque en agitant dans l'air son index qui traçait des points d'exclamation devant mes yeux (*this is not a method ! this is provocation !*), puis il est reparti comme il était venu, sans que je n'eus le temps d'articuler le moindre mot (les habitués étaient aux anges), il y eut aussi cette toute petite dame d'une soixantaine d'années avec un simple tablier à fleurs, sans bas malgré le froid piquant, qui s'est placée à côté de moi sans rien dire, nous avons échangé à peine quelques mots sur l'arrivée de l'hiver, elle parlait un allemand de chez *Duplo*, puis rien, elle est restée là pendant encore au moins dix minutes dans un silence sublime qu'elle accompagnait de sourires divers comme autant de portes qui s'ouvraient sur un néant poétique, j'ai passé aussi sur ceux qui interrogeaient mes motivations, sur les curieux qui s'arrêtaient pour lire le texte puis repartaient en dodelinant de la tête ou sur ceux qui glissaient un petit mot gentil au passage, un *good luck* ou encore sur ce retraité des postes qui possédait selon ses dires une magnifique collection de photographies pornographiques qu'il vendait à un prix raisonnable, les Français étaient forcément coquins, « héhé Le Moulin RRRRouge ! », il me ferait un prix spécial, j'ai passé enfin parce que cela m'aurait mené trop loin sur l'ami des étrangers qui, dans un allemand fleuri, me parla pendant une bonne demi-heure de son ami Christophe, un Français qui avait sauvé sa belle-mère sur la route des vacances vers la Croatie, ils s'étaient arrêtés sur une aire d'autoroute slovène, c'était chaque année la même car nulle part ailleurs on trouvait de ces sorbets citron-cassis d'une vieille marque adulée avant la chute du mur, ils étaient sur l'aire d'autoroute slovène, son fils, sa femme, la pauvre sa femme la pauvre, elle ne supporte pas la voiture, le moindre virage la fait rendre, l'autoroute, l'autoroute, il n'y a que ça qui l'apaise un peu et encore il y a quelques passages délicats en Autriche où elle sort son sac et alors elle enfourne sa tête et elle reste comme ça la tête dans le sac pendant des kilomètres jusqu'à ce que la route s'étire et qu'elle finisse par s'endormir, la tête dans le sac, laisse-la comme ça me dit la belle-mère qui à l'arrière attaque le panier repas, elle est habituée, depuis toute petite elle voyage la tête dans le sac, quand on allait avec son père au lac Balaton, elle passait la journée dans le sac, au début on avait peur surtout quand elle s'endormait dedans et puis on s'est habitués aussi, ça lui évite de se plaindre, et alors sur la fameuse aire d'autoroute slovène, on avait sorti l'artillerie lourde, la belle-mère avait pané les deux carpes que j'avais ramenées de ma dernière sortie, des carpes larges comme des pelles, et ma belle-mère elle lésine pas sur la panure, un bon centimètre d'épaisseur avant d'entamer la chair du poisson, bref, elle avait à peine mordu dans sa carpe que zang ! elle s'étouffe ! Et vous savez comment c'est, on a beau savoir ce qu'il faut faire, avoir suivi des cours de secourisme et tout, ben on reste bête dans ce genre de situation, on la regarde devenir rouge, puis violette, et on amorce pas le moindre geste, une arête de carpe était en train de la tuer, elle avait survécu aux Allemands et à Staline, et moi qui étais persuadé qu'elle nous enterrerait tous, qu'après la bombe atomique il ne resterait plus que les insectes et ma belle-mère, elle allait mourir là devant nos yeux à cause d'une simple arête de poisson, sur une aire d'autoroute en plus, mais c'est là que Christophe est arrivé, comme un miracle, comme s'il avait sauté d'un nuage, vous voyez, il a pris ma belle-mère en l'entourant de ses bras, ce qui n'est pas une mince affaire, c'est qu'il est gaillard le Christophe parce que pour faire décoller la belle-mère, fichtre ! faut voir dans quel état elle me met la Fabia dans les montées en Autriche, je suis obligé de rétrograder jusqu'en troisième, sur l'autoroute, vous vous rendez compte ? Au point qu'on me klaxonne ! Et ma belle-mère qui râle derrière qu'est-ce qu'ils ont ces cons ? Et moi je ne peux pas lui dire pourquoi on avance pas, alors je le garde pour moi, je suis un gentleman vous voyez, bref, on se partageait la carpe panée avec ma femme et mon fils, la deuxième était pour elle seule, l'Aspirateur, c'est comme ça qu'elles l'appelaient ses anciennes collègues de la blanchisserie, et je peux vous dire que ce n'est pas pour rien, moi je n'osais pas, vous pensez bien l'Aspirateur... ma femme me l'aurait pas pardonné, alors j'ai toujours dit « belle-maman », mais le dimanche, quand je la vois à table, je me dis putain, elles ont raison les collègues, un sacré aspirateur, y a pas d'autre mot, bref, Christophe, il lui a fait le coup d'Heimlich et l'arête est passée, gloup, un champion le Christophe, depuis je lui écris deux fois par an pour le remercier, pour le nouvel an et l'été, je lui envoie une petite carte de Croatie et il me répond toujours-toujours, ça me permet de récupérer des timbres français, j'aime bien vos timbres, vous aimez les timbres ? J'ai passé enfin sur la petite fille qui avec son bonnet à oreilles de lapin s'est mise subitement à pleurer en me voyant, non pas des petits sanglots émouvants d'enfant, mais d'épouvantables cris de douleurs d'adultes.

J'ai passé sur tout ça.

– Ben tu me racontes pas ?

– Écoute, pas grand-chose malheureusement, des curieux, des badauds, des indifférents et quelques bizarreries. Il y a eu par exemple cette femme qui s'est approchée de la photo, très près. Ça m'a paru étrange parce que de très près, on n'y voit rien – un agrandissement trop sombre d'une photo floue – elle a retiré ses lunettes, les a remises. Elle les retirait, les remettait sans cesse. Je me suis dit : « Nom d'un chien, elle est en train de l'identifier » et puis elle a fait deux pas en arrière et elle m'a dit dans un allemand chantant (si, c'est possible !) : « Il n'y a pas de doute, c'est exactement le même maillot de bain. J'avais exactement le même maillot, je l'adorais. Difficile de dire pour la couleur, mais la forme, la marque, c'est sûr. De la très bonne qualité. La peau qui respire. » Là, je t'assure, j'ai regardé la statue de la Vierge juchée sur son plot et j'ai cru voir se dessiner un petit sourire moqueur. Et puis, encore une femme, peut-être notre seul espoir, la plus bizarre d'entre tous, la cinquantaine, elle se tenait à distance, vingt, vingt-cinq mètres, puis elle a commencé de s'approcher en crabe. J'ai mis ça sur le compte de la timidité et pourtant je ne devais pas dégager un grand charisme. J'ai cherché à établir le contact visuel, mais elle restait trop loin, son regard échappait comme une fumée. Alors au bout de quelques minutes de ce drôle de jeu, j'ai fait quelques pas dans sa direction et hop elle s'est enfuie et est allée se cacher derrière la statue, comme un rongeur. J'ai repris ma place sous le porche et le manège a recommencé, un véritable documentaire animalier.

– Pourquoi t'es pas entré dans la brasserie ? Ça lui aurait permis de s'approcher ?

– Et c'est exactement ce que j'ai fait ! Je me suis assis là-bas, tu vois et je l'ai observée par la fenêtre. Elle s'est pas approchée à moins de dix mètres, elle a lu mon panneau attentivement, puis elle est repartie avant même que j'aie le temps de boire ma consommation. Je l'ai photographiée, tiens regarde, tu la connais ?

– Oui, je l'ai croisée plusieurs fois. Je ne la connais pas. Mais on finit par...

Une remarque jetée à travers la salle par les habitués taquins l'interrompit, l'un de ceux qui m'avaient martyrisé toute la journée. Elle répondit du clair, du précis et du cassant au point qu'ils se tassèrent tous sur leur bière en retenant de petits gloussements.

– Qu'est-ce qu'ils ont dit ?

– Laisse tomber, ils sont pas vraiment méchants, mais ils sont cons comme des poignées de porte.

– Viens, on bouge.

Nous nous réfugiâmes sous le porche où j'ai retrouvé mon panneau, la Vierge Marie et un parfum de défaite.

– Reviens demain, faut qu'un maximum de personnes voie la photo.

Elle avait raison, un jour ce n'était pas suffisant pour s'avouer vaincu. Il me faudrait au moins tirer jusqu'au samedi pour aller au bout de ma stratégie. Le week-end, une autre population passerait par le centre-ville. Penser aussi à varier les horaires et les emplacements pour toucher plus d'habitants et me donner le plus de chances possible. On annonçait de la neige pour le lendemain. J'étais prêt à tout pour retrouver Rybová.

Míla devait se préparer pour prendre son service. Il y eut comme un flottement. J'étais fatigué, j'explorais le vague des sentiments de début de soirée, quand la lassitude s'empare trop tôt de nous. Dans le reflet de la vitrine, j'ai vu une tête de panda abandonné.

C'est alors que Míla s'approcha de moi et m'embrassa. Doucement. Délicatement. Du bout des lèvres. Comme si elle avait eu peur de m'abîmer.

## 26
## UN PEU D'HERBE FRAÎCHEMENT COUPÉE

Elle me rejoignit chez Veselý après le travail. Il était tard.

Elle avait attaché autour de son poignet le petit ruban usé de ses expériences d'actrice.

Nous n'avons pas articulé le moindre mot. Je l'ai embrassée dans la cour, malgré le froid. Un baiser qui ne ressemblait en rien au premier.

Et là, je plonge instantanément sous la surface du monde.

Les langues se cherchent sans retenue, je glisse une main encore chaude dans son dos, le premier contact avec sa peau m'électrise, je remonte jusqu'au bas de la nuque emportant tout, je sens le froid qui s'engouffre derrière ma main et qui la saisit, puis je descends jusqu'au creux des reins, je ne trouve pas de répit, je glisse le bout de mes doigts entre sa peau et le jean, juste au niveau de la doublure qui répond au frottement de la ceinture, deux phalanges pas plus ou à peine, en haut, elle enserre mon visage entre ses mains, attrape ma nuque, empoigne mes cheveux, nos visages se tordent, cherchent un emboîtement complémentaire qui n'existe pas, en bas mes doigts se resserrent et longent la corniche de cette promenade intermédiaire entre la taille et la hanche pour revenir devant jusqu'à l'aine, nos corps se décalent et libèrent son ventre sur lequel je coque ma main comme un pianiste, elle réagit en se saisissant de mes fesses et me colle à elle comme l'aurait fait un homme du siècle dernier, puis mes mains retrouvent son dos, les siennes suivent des trajectoires similaires, nous déchiffrons une partition syncopée, colorée avec des accelerandi et des ritardandi, nous entrons en harmonie, nous inventons notre langage, nous sommes l'instant absolu.

Il n'est pas d'autre art d'aimer.

Je hume son parfum pour la première fois, j'enregistre cette fragrance que je décomposerai plus tard, un printemps sec, légèrement boisé, une note de tabac, des fleurs, du talc, quelque souvenir d'herbe fraîchement coupée, et au loin tout au loin une pointe d'écume océanique, du vent d'algue, je la respire, et je finis par trouver l'essentiel : ses cheveux, sa peau, son souffle, ce sont eux les parfums les plus envoûtants, ce sont eux que mon nez cherche jusqu'au vertige, je prends sa main, la porte à ma bouche, embrasse ses doigts délicatement, sans exagération puis je l'accompagne jusqu'à la chambre, c'est un moment étrange de suspension, de presque asphyxie, mais en chemin, ça repart, je ne peux dire qui a donné l'impulsion, nous nous arrêtons à deux reprises, je l'embrasse une première fois contre le mur. Je lui empoigne le bas des fesses par-dessus le jean et relève sa cuisse pour faire place à la mienne qui se glisse et se frotte à elle, puis elle se dégage et prend le pouvoir, l'arrière de ma tête roule contre le mur, un bras autour de mon cou, le deuxième s'agrippe à mes cheveux, juste assez pour laisser parler sa fièvre jusqu'aux limites de la douleur, mais je ne sens plus rien, puis elle attrape ma nuque, la relâche, dégoupille son haut, enlève toutes les épaisseurs d'un même geste, retire le mien et dirige mon visage sur sa poitrine que je n'ai pas eu le temps d'admirer, je suis pris de vitesse, je m'égare dans le noir de son territoire, je ne sais plus où je suis, ni ce que j'embrasse une langue, un tétin, le menton, je sens que mon sexe réagit puis elle prend ma main et nous nous orientons vers le lit. Nous faisons quelques mètres, mais sur l'encadrement de la porte, nouvelle fièvre, des baisers diaboliques, toutes langues dehors, je glisse ma main dans sa culotte et caresse ses fesses. Je les empoigne, les relâche, les reprends pour plaquer mon bas-ventre contre le sien. J'ai le temps d'apprécier la rondeur pointue de ses seins comme deux ballons de baudruche à peine gonflés. Nous nous frottons. Je sens sa respiration qui s'accélère, la mienne aussi, elle ouvre la bouche et me regarde tout en se frottant à moi, les vêtements nous entravent, je me mets lentement à genoux, sur le chemin je lèche sa peau peu importe où, j'embrasse ce que je peux et je joue de petits coups de langue que je conclus par une lampée déterminée, elle enfouit ses mains dans mes cheveux et serre, elle rentre son ventre, plaque mon visage sur sa peau, le retire, pose sa cuisse sur mon épaule et la retire immédiatement, changement de rythme, je défais les boutons de son jean lentement, je joue avec cette lenteur, je ne sais pas pourquoi, je n'ai aucune lucidité, pas même celle qui permet de profiter de l'abandon, elle me hisse en m'attrapant par les cheveux, par les aisselles, je ne résiste en rien, je suis la moindre de ses directives. Elle retire alors son pantalon, sa culotte, retire le mien sans ménagement, fait glisser mon boxer, il ne nous reste plus rien.

Sur le lit, nous nous accordons, nous prenons le temps, c'est le deuxième mouvement de la sonate, plus méditatif. Elle a posé un préservatif sur le chevet.

Elle s'est allongée sur le dos et se laisse aller, mes mains parcourent la carte qu'elle déploie devant moi, elle a fermé les yeux et replié une jambe m'offrant l'intérieur de sa cuisse que je caresse, juste au-dessus du genou et je remonte sans aller trop loin tout en distribuant de petits baisers sur son ventre qu'elle rentre tout d'abord puis qu'elle finit par offrir totalement à l'abandon de mes humeurs, je passe d'une cuisse à l'autre, à l'effleurement, presque par capillarité, c'est une fièvre mystique qui nous prend, mais sans solennité et la peinture prend le relais de la musique, je commence à penser à ce que je fais, je donne de l'attention aux phrases de son corps, à la densité de mes gestes, je retrouve un peu de lucidité, le film passe au ralenti, je remonte tout en haut de la cuisse, son dos se cambre légèrement, ma main redescend pendant que des lèvres, j'effleure le flanc d'un sein, par de petites touches pointillistes, elle appuie mon visage sur sa poitrine pour me donner plus franchement son téton puis elle se rétracte et choisit l'abandon, un bras le long du corps, le deuxième dans mon dos, ma main suit alors le chemin du genou jusqu'au ventre avant de redescendre cette fois-ci vers le pubis, gardé par une toison dessinée pour l'été, ses lèvres cherchent les miennes, et nous nous embrassons, nos langues s'accommodent pendant qu'en bas sa main m'empoigne fermement le sexe. Mes doigts longent ses grandes lèvres et glissent sur sa sève, cela accentue leur audace et les voilà qui remontent jusqu'au clitoris dont ils humidifient la peau qui le protège des injures. Ils recommencent leur trajet à plusieurs reprises modulant leurs balades de jolies variations, de petits détours improvisés, j'ai l'impression que c'est elle qui dirige mes doigts par de légères ondulations du corps, je caresse son clitoris de mouvements très lents, comme en suspension sur une bulle et trace une voie de petits baisers depuis sa bouche, son cou, ses seins, son ventre, elle comprend où je veux en venir et me récupère, me tire par les cheveux, les flancs, elle s'empare du préservatif, je la laisse faire tout en poursuivant mes caresses, mais la voilà qui m'attire, c'est elle aussi qui glisse sa main entre nos deux corps pour diriger mon sexe pendant que de mes bras tendus, je la surplombe, sa bouche est entrouverte, mes lèvres sont en suspension. Un grand souffle sonore me fait basculer dans le vertige.

J'aurais pu tout aussi bien me contenter d'un *nous avons fait l'amour puis j'ai posé la tête sur son ventre, j'ai compté jusqu'à trois et je me suis endormi*. Mais, certains me comprendront, je n'avais plus fait l'amour depuis des mois.

## 27
## IL N'Y A QUE LE CHOCOLAT QUI APAISE LES CŒURS

J'ai compris rapidement que la nuit que nous avions passée n'était pas le prélude à une grande histoire d'amour.

Au réveil, je l'avais ressenti dès les premiers instants à sa manière de m'embrasser, de bouger, d'être à elle. Le bruit même du froissement qu'elle fit en enfilant son jean me le suggérait. Elle ne cherchait pas à être désagréable ou particulièrement distante pour se débarrasser d'un éventuel pot de colle. Elle parlait plutôt une *langue subliminale du lendemain* qui la dispensait d'avoir à formuler des phrases qui commenceraient par « j'ai passé une nuit formidable, mais... ». Le baiser qu'elle me laissa sur la joue en partant avait claqué comme l'élastique d'un dossier qu'on referme.

Antonín avait raison, Míla était comme le vent. Elle chantait un *amour-pissenlit* sur la fleur duquel elle soufflait à l'envi. La liberté qu'elle irradiait dissuadait quiconque d'avancer sur le terrain du couple, de la captivité et de la sécheresse. Le moindre de ses gestes – ouvrir une porte, se gratter le coude, décapsuler une bouteille de bière avec les dents, sortir ses cheveux d'un pull après l'avoir enfilé – transmettait un message informulé que l'on recevait pourtant cinq sur cinq. Bien qu'issu de cette école de la constance et des *amours-cathédrales* (une seule personne que l'on aime comme un Dieu), j'acceptai le pli qu'elle imprimait à notre relation, sans même avoir le sentiment de forcer ma nature. Comme il y a un instinct qui nous empêche de tomber du lit, on ne tombe pas amoureux de Míla. On se contente de trouver une place sur la longue étagère de sa collection d'hommes, entre Hulk et Saint-Laurent, peut-être un peu plus à l'ombre. Elle n'en tirait pas de ces fiertés ridicules de mauvais don Juan. Elle n'en parlait pas plus qu'elle ne s'en vantait et elle nous faisait accepter son art d'aimer comme s'il venait du fond des temps.

Et puis, Pauline rôdait encore dans mes sous-bois. J'éprouvais, sans pouvoir le motiver un sentiment de culpabilité qui s'élevait des ruines. La journée n'était pas de trop pour le laisser s'échapper lentement, jusqu'à son épuisement.

La nuit que j'avais passée justifiait un petit retard à l'allumage et je repris ma place sous le porche un peu plus tard que prévu. La brasserie avait déjà dégrafé son entrée et offrait son gros ventre au client. La journée ressemblait à la précédente sauf qu'il avait un peu neigé et que la Vierge arborait sur la tête une sorte de couvre-théière amusant. C'était à mon tour de me moquer gentiment d'elle.

Je suis resté un peu là, au creux de la brasserie, utilisant la technique qu'un étudiant martiniquais à l'épreuve de Paris utilisait pour se prémunir du froid, technique qu'il ne m'avait lâchée qu'après une longue négociation, comme s'il s'était agi d'un trésor et en m'extorquant un cognac au passage : « Bien s'habiller, c'est le seul moyen, quand tu commences à te les geler, c'est trop tard. »

J'avais sur moi en habits la moitié de ma valise, et la multiplication des couches entravait mes mouvements au point que je ne pouvais ni croiser les bras, ni les rabattre le long de mon corps. Je me tenais là d'un bloc comme la figurine qu'un gamin aurait découpée dans le papier.

Je me suis déplacé en fin de matinée, quand ont commencé à rappliquer les habitués taquins. J'ai pris tout mon matériel et je me suis installé près de l'épicerie. Je retrouvai les mêmes indifférents et les mêmes curieux. Je m'occupais comme je pouvais. À partir, de -5 °C, on ne sort le mobile que pour appeler les pompiers, Míla ou la Vierge Marie.

Je m'amusais à élaborer une théorie sur les ressemblances entre les humains et les animaux. Je suis parti de l'axiome que personne n'échappe à cette ressemblance et que seul le regard de l'observateur peut faire défaut. J'ai procédé avec méthode et j'ai dégagé quelques types que j'attribuai aux passants tout en incrémentant chaque catégorie au fur et à mesure, petit travail qu'un ordinateur relié à une caméra est malheureusement déjà capable de faire, mais qui est plus amusant à faire soi-même. J'établis des statistiques qui me permirent de conclure à la prédominance des types *volatils* et *félins* sur les profils *simiesques* ou *rongeurs* ce qui d'un point de vue esthétique est plutôt avantageux. Quelques *reptiles*, peu de *ruminants*. Cette petite activité honteuse, outre qu'elle me divertissait du froid, aiguisait mon regard. Contrairement à la veille, je scrutais vraiment les passants. J'enregistrais des visages, je décelais de possibles liens de parenté, des enfants cachés, des croisements audacieux. Les *buses-souris* et les *serpents-babouins* me ravissaient. Mon travail scientifique fut interrompu par l'intervention d'une femme aux yeux de chat que ma démarche intriguait.

– Mais pourquoi votre ami ne cherche-t-il pas lui-même ?

La question me désarçonna, mais je ne voulus pas reproduire l'erreur que j'avais faite avec Veselý. Je lui répondis quelque chose qui ressemblait vaguement à la vérité :

– Mon ami est fatigué. Et moi... Ma femme m'a quitté. Je me suis dit que tout ça pouvait m'aider.

Son visage dessina une définition de la compassion.

– Je comprends, je comprends...

Elle me souhaita bon courage en fouillant dans un sac pour enfants frappé à l'effigie d'une taupe et d'une souris qui brandissaient une pelle et une pioche. J'essayai d'y voir un message. En vain.

Elle en sortit une tablette de chocolat qu'elle me tendit.

– Le mien est parti, il y a vingt-cinq ans. Il n'y a que le chocolat qui apaise les cœurs, croyez-moi.

Sans lui donner totalement raison, je sus apprécier le cadeau qui valait bien les gélules de magnésium.

Puis l'épicier me somma de déguerpir. Je me réfugiai à l'entrée de la gare. Il y avait peu de monde. On me demanda également de partir. Je finis par trouver une place à l'angle venteux de la Poste. Je tins plus longtemps que je ne m'en croyais capable. Et je rentrai bredouille le soir, comme il se doit.

Le manège dura plusieurs semaines. Il fallait bien l'admettre : j'étais un piètre enquêteur, mais ce régime me fortifiait. Après tous ces efforts, je n'avais toujours rien à me mettre sous la dent, pas la moindre information utile et pourtant je sentais que quelque chose bougeait en moi. En m'infligeant cette épreuve physique et morale et alors que j'offrais le spectacle de la stagnation, ma volonté se renforçait chaque jour un peu plus. Je jouais à la *folle de mai* sur toutes les places et dans toutes les rues de Blednice. Personne n'aurait pu me dissuader de persévérer. La police municipale a bien essayé de me chatouiller deux trois fois, mais je réapparaissais toujours comme ces sortes de ludions que l'on assomme au gourdin dans les fêtes foraines et qui sans cesse reviennent par un autre trou. Quand un commerçant se plaignait, j'articulais les plus plates excuses tchèques et je pliais les gaules. J'avais fini par m'insérer dans le décor, comme un lampadaire ou une publicité pour du chewing-gum et on se résolut à me laisser tranquille.

Souvent, les habitants me glissaient un petit mot gentil. Quand il ne faisait pas trop froid, on m'accompagnait un peu, on m'apprenait un proverbe tchèque ou on me racontait l'histoire d'un cousin interné de force en hôpital psychiatrique, d'un enfant interdit d'études, d'un père parti s'exiler seul à l'Ouest. J'étais devenu une bizarrerie locale, un monument que l'on visite et que l'on photographie. La presse se fendit même d'un petit entretien. J'y répondis simplement, si simplement que le journaliste avait épuisé ses questions au bout de cinq minutes. Le lendemain, je figurais en page 8, entre un article sur la découverte des nouveaux tracés de ski de fond et l'ouverture d'un magasin de décoration. Je m'y sentis à ma place. J'ai espéré que cette gentille agitation déclenche une réaction, une avancée, un signe qui me rapprocherait du but. Mais rien. Alors ma volonté se renforça encore. Plus les températures descendaient, plus j'ajoutais des couches de vêtements et plus je sentais que je retrouvais de la vigueur. Plus je sortais me confronter à l'échec et au froid, plus j'épaississais, plus je gagnais en densité. J'en vins même à redouter parfois l'aboutissement de ma quête et le retour aux fourches du vide d'avant Blednice.

Le soir, j'étais bien occupé. Je dévorais la culture tchèque, tout ce que je trouvais y passait. La poésie de Vladimír Holan et les romans de Ladislav Fuks agissaient sur moi comme les couches de vêtements. Je m'épaississais avec les films de Jan Švankmajer et de Karel Kachyňa. Je gagnais en consistance avec la peinture de Kupka ou les opéras de Janáček. La culture me rendait lentement à moi-même en un goutte-à-goutte délicieux. Je ne sais si la littérature croate ou la musique estonienne aurait produit le même effet et je ne le saurai jamais, mais j'étais certain que les chansons de Nohavica et l'air morave attaquaient mon inconsistance par le miracle de l'altérité. C'est que la culture tchèque savait se rendre aimable : cousine de la française, autre par ses proximités avec l'Est que nous n'avons pas, elle porte également quelque chose de difficile à définir, une force tendre qu'il lui vient peut-être de sa fragilité dans l'Histoire, la conscience d'avoir échappé de peu à sa fonte définitive dans un monde plus grand et plus fort qu'elle.

L'apprentissage du tchèque allongea ce pas de côté à l'intérieur de moi-même. J'avançais dans la langue en aveugle, mais je sentais que cette langue tchèque agissait comme celle d'un chat – râpeuse à souhait, elle décrassait la bête. J'avais essayé de prendre quelques leçons avec Míla, mais cela n'avait pas fonctionné. Avec d'autres professeurs non plus. Trop mous, trop bavards ou trop chiants, j'étais plus sûrement la source du problème. Je m'en remis à la plus ancienne des méthodes : je notais dans un carnet tous les mots qui auraient dû me servir dans la journée et qui me faisaient bafouiller. Je passais de longues heures à écouter et à répéter des phrases que j'apprenais par cœur, des plus pratiques aux plus poétiques. Après plusieurs semaines de ce régime, la méthode commença à donner des résultats étonnants. Tel un troubadour, je pouvais déclamer les cent premiers vers du grand poème romantique de Karel Hynek Mácha ou les dix premières pages d'*Anděl Exit* de Jáchym Topol. Ça plaisait beaucoup à Míla qui me trimballait, comme un singe savant, dans les brasseries pour me faire réciter ce que je connaissais. Une fois que j'avais commencé à réciter le poème *Ô ébène* d'Oldřich Mikulášek, je vis l'un des habitués taquins (au visage parfaitement marxiste – crinière et barbe blanches émaillées de petits reflets noirs) se levait et récitait à l'unisson le texte. Nous ne nous sommes pas quittés des yeux jusqu'au dernier vers. Alors, tout le monde a applaudi et nous nous sommes tombés dans les bras. C'était le seul poème qu'il connaissait, sa mère le récitait tous les jours (c'était aussi le seul poème qu'elle connaissait...) Alors quelqu'un a sorti une guitare de dessous une table et la soirée a basculé dans l'inoubliable.

Je notais, entre deux bières, le titre des chansons qu'il me fallait apprendre pour les fois prochaines. Ces airs simples, tantôt dansants, tantôt mélancoliques labouraient un territoire de l'âme que je reconnaissais et que pourtant j'avais toujours ignoré. J'étais frappé par le fait que tout le monde connaissait ces chansons du premier au dernier couplet et les chantait juste, malgré l'alcool qui triplait l'éclat des yeux. Le vice me poussa même à penser que c'était peut-être là un des effets de la peur inspirée par le communisme qui avait su apprendre l'art du playback à ceux qui chantent faux. Encore faut-il savoir quand on chante faux.

Ce soir-là, Míla posa son avant-bras sur mon épaule et nous avons fait l'amour. Cela nous arrivait parfois, c'était elle qui décidait. On se voyait régulièrement, le plus souvent pour descendre quelques bières, quand nous n'allions pas au cinéma ou qu'il faisait trop froid pour se promener. Et alors, au moment de se quitter, elle décidait. Cela se faisait naturellement. Je la désirais ardemment à chaque fois, mais elle disposait du feu, soufflant à son gré sur les braises ou l'éteignant d'un seau d'eau imaginaire. Ce seau d'eau, je le sentais toujours venir et il me fallut apprendre à le recevoir. Quand l'envie lui en prenait, j'étais le beau Français et elle soufflait, soufflait. Trois jours plus tard, j'étais redevenu le petit Cucul et je me prenais le seau. C'était elle qui choisissait quel jour j'étais l'un et quel jour j'étais l'autre. Un jour, je distribuais à l'envi les fameux *francouzáks* (ces baisers qui ne se passent pas de la langue), l'autre j'étais le pauvre garçon de dix ans que tout le monde appelle Cucul. Alors un geste, un mot suffisait et je retournais à ma place.

J'ai pensé que, pour Míla, il n'y avait pas d'autre amour. C'était sa seule manière de le vivre et elle nous tenait tous par sa définition – Les Hogan, les Saint-Laurent, les Antonín, les Cucul – en visant quelque chose qui nous dépassait. Parfois, nous nous retrouvions à trois – Míla, Antonín et moi – c'étaient les soirées les plus stimulantes. Nous parlions de tout, dans toutes les langues. Mon tchèque faisait des bonds de géant. Míla orchestrait le trio. Nous ne savions jamais à l'avance qui repartirait avec elle. Cela se faisait en douceur, sans jalousie, nous savions que c'était elle qui choisirait et que l'un de nous deux recevrait le seau d'eau sur la tête avant de rentrer seul, mouillé et vaguement penaud, mais pas fâché. Il suffisait d'un geste. Elle se rapprochait de l'un de nous. Elle posait une main sur une cuisse ou elle intensifiait son regard, elle aimait aussi enrouler son avant-bras sur une épaule et nous comprenions. C'était comme d'un trait de craie sur le sol, on hypnotise les poulets. Elle faisait claquer la bretelle d'un porte-jarretelles magique et le coq Antonín ou Paulo la galinette devait suivre. Le vaincu, le trempé n'en tenait rigueur à personne.

C'était Míla. Personne ne la comprenait et tout le monde l'adorait. Partout et en toute occasion, elle doublait le génie du lieu.

Parfois, elle ne choisissait ni l'un ni l'autre. Alors je restais avec Antonín qui me racontait des histoires et mâtinait mon tchèque de grossièretés qu'il avait élevées au rang d'art.

Ce fut à ces douceurs que l'hiver passa.

Quand arriva le printemps, c'était merveilleux, je ne me reconnaissais plus.

## 28
## LE SECRET DE VESELÝ

J'avais terminé le catalogue des œuvres de Veselý en bon amateur m'inspirant pour la maquette de ce que le Net proposait de mieux. J'avais réussi à prendre quelques photos, profitant des jours sans neige, mais il m'avait fallu à chaque fois déblayer la cour, déplacer les sculptures - certaines pesaient un âne mort, j'en ai beaucoup voulu à Veselý pour ce *Rêve de Gagarine*, une plaque de béton debout agrémentée d'un coussin en pierre de lune - tout cela m'avait pris un temps fou.

Mais je n'avais pas à rougir du résultat qui pouvait faire illusion, me sembla-t-il. Je l'envoyai à Veselý avant de le diffuser ici ou là chez des galeristes en ligne, des marchands d'art, des experts pour évaluer la valeur de la collection.

Par un heureux hasard, Veselý était à Prague, il rentrerait sur Blednice pour le week-end. Il me restait deux jours pour faire un peu de rangement. Cette nouvelle me procurait la joie de l'enfant à qui on annonce la visite de l'oncle préféré. Je ne craignais pas qu'il me mette dehors, la location de mon appartement parisien tombait chaque mois comme une diarrhée scandaleuse en regard de ce que pouvait coûter la même surface à Blednice. S'il est vrai que j'étais chanceux, je n'en étais pas meilleur pour autant (il y aurait peut-être toujours cela entre Antonín le menuisier et moi), mais je m'épargnais ainsi la gêne des gentillesses forcées par l'intérêt. Je n'allais pas pleurer.

Pourtant, la veille de son arrivée, j'avais fait l'un de ses rêves dont la rémanence vous poursuit toute la journée :

on m'avait confié la garde d'une petite fille avec des dents d'adulte. Elle me regardait d'en bas comme elle regardait le monde. Ses dents étaient tellement grandes qu'elle ne pouvait même pas fermer la bouche. Ses lèvres explosaient sous leur pression. J'étais catastrophé par l'apparence de cette petite fille, mais elle semblait ne pas souffrir. Constatant mon trouble, elle tenta de me rassurer tout en vaporisant l'espace de ses postillons capricieux: « Je les lime un peu chaque soir, je m'améliore, et alors que les dents rapetissent, je grandis. Bientôt, mes dents et ma bouche auront le même âge. »

Veselý arriva en fin d'après-midi. La maison reluisait comme un soulier neuf un jour de rentrée à l'école Saint-Louis-de-Gonzague. Cela fit marrer le vieux qui me rappela au bon souvenir de ses incisives dorées :

– Ma mère aurait adoré avoir un fils comme toi.

Pas sûr, pensai-je.

J'avais l'impression qu'il me revenait d'une autre vie. L'hiver rigoureux était passé sur nous, c'était comme s'il avait dilaté le temps. J'étais sincèrement content de le revoir.

Il m'avait ramené de Suisse quelques livres d'auteurs tchèques et slovaques, preuve qu'il avait prévu de passer par ici avant même l'envoi du catalogue. Je lui montrai les petites réparations que j'avais opérées dans la maison, j'exhibai mes progrès en tchèque et nous attaquâmes un goulasch sacrément relevé. La recette me venait d'Antonín qui se plaignait tout le temps du « goulasch allemand » que servait *Les Belles Pertes*, « plat et triste comme une autoroute... un dimanche soir... pluvieux... ».

Nous avons bu ~~un peu~~. Je lui ai raconté ma vie morave, mais je le sentais contrarié. Il ne m'écoutait pas vraiment et plissait le front m'exposant de nouvelles rides qui traçaient des lignes plus fuyantes encore que son regard. Il parlait peu et vidait régulièrement son verre. Lorsque je me taisais, ce n'était pas lui, mais l'un des souffles rauques de la maison qui prenait le relais. Je remarquai pour la première fois que le courant d'air des muses déplaçait de manière artistique le bas du rideau de la fenêtre qui donnait au nord, comme les mains d'un chef d'orchestre qui dirigerait de la musique sérielle. Je n'osais lui demander ce qui le taraudait. Je m'y pris autrement.

– Vous savez, si vous avez besoin de la maison, n'ayez pas peur de me le dire. Je trouverai quelque chose. J'ai les moyens, je vous assure.

Ma proposition le sortit du petit bain acide de ses pensées.

– Non, non, tu plaisantes. Reste, je t'en prie. En réalité, tu me rends service. Tu sais très bien qu'une vieille baraque comme ça, quand c'est inhabité... ça moisit plus vite qu'un fromage corse. Il faudrait que je la vende... mais cette maison est la dernière chose qui me retient ici...

Je lui ai parlé de mes démarches auprès des galeristes. La question de la valeur des œuvres ne l'intéressait guère, il aurait plutôt aimé savoir qu'en faire. Ne pouvant se résoudre à les jeter, il était prêt à les vendre ou à les donner. Il aurait été beaucoup plus facile de s'en débarrasser si elles avaient un peu de valeur sur le marché.

Puis il m'interrogea longuement sur mes recherches. Il semblait s'y intéresser plus qu'au reste. J'ai raconté toutes mes péripéties jusqu'à l'une de ces clairières de la discussion où le silence se fait trop entendre.

Il prit son verre, le but cul sec et toussa comme s'il était encombré par une idée.

– Il faut que je t'avoue quelque chose... Je suis un vieux monsieur...

– C'est possible. Mais est-ce une raison pour tout avouer ?

– Est-ce que tu me promets de m'écouter sans m'interrompre ? C'est douloureux pour moi, j'ai besoin de me rassembler.

Je sentis une petite pointe dans le bras, je n'anticipais pas du tout ce qu'il allait me raconter. Je lui fis un signe d'assentiment discret. Le bas du rideau entama une sorte de menuet.

– Bon... Voilà... Je ne t'ai pas tout dit. En 75, j'ai rencontré une femme dont je suis tombé follement amoureux. Comme tu le sais, je trifouillais déjà mes sculptures. J'avais quelques amis, je connaissais tout le petit milieu artistique du coin. Il n'y avait pas de quoi faire une guirlande, mais nous étions plus nombreux que les artistes officiels adoubés par le régime qui étaient affreusement seuls au milieu de pitoyables apparatchiks régionaux. Mais ils nous laissaient faire, sans doute parce qu'ils devaient nous considérer comme inoffensifs. Et ils avaient raison au fond. On se réunissait dans des granges, ici même parfois, et nous jouions de petites pièces. On se montrait nos œuvres, les poètes lisaient quelques textes exaltés ou déprimants. Il y avait mon ami Miloš, c'est à lui que tu ressembles tant. On avait de la bière, on disait beaucoup de conneries. Après 68, personne n'y croyait plus, tu comprends. Mais il fallait bien bouger un peu. En réalité, on passait plus de temps à rigoler ou à se plaindre qu'à fomenter des révolutions, mais nous nous sentions plus forts d'être ensemble. À Prague ou Brno, c'était sans doute différent, mais ici, nous n'arrivions pas à développer quoi que ce soit de pertinent, hormis dans nos œuvres qui circulaient très mal. Cela ne sortait pas du Cercle. Il y avait beaucoup d'alcool, vraiment beaucoup, nos discussions se déroulaient dans des aquariums de fumée bleue, on ne voyait rien, on ne comprenait rien, mais tout cela nous donnait de l'importance, nous avions dans ces moments-là l'impression de vivre pour de bon, quand il nous fallait survivre le reste du temps. Ces rendez-vous étaient essentiels pour nous.

Une petite souris anthracite traversa l'arrière-plan, hésita aux abords du fameux rideau avant de trouver un passage derrière le buffet.

– Petit à petit, le Cercle s'est élargi. Ça s'est fait très lentement parce que nous avions très peur. Il fallait prendre de nombreuses précautions avant d'ouvrir à une nouvelle tête. Comme je te l'ai dit, nous étions inoffensifs, le risque était minime, mais nous étions persuadés d'être de dangereux dissidents, prêts à saper le régime, et puis on se réveillait le lendemain avec des têtes pitoyables de soûlards et la réalité nous rattrapait. Il fallait se confronter au même quotidien, toujours le même. Rien ne bougeait. Rien. Au fond de nous, je crois qu'on imaginait que le bloc soviétique était parti pour durer cinq siècles, comme l'Empire romain. Je te dis tout cela parce que c'est important que tu comprennes.

Il s'approcha légèrement de moi comme pour parler moins fort.

– Ce que je te dis, tu le trouveras dans tous les livres, mais là c'est moi qui te le dis. Nous étions jeunes et désespérés. Tous. Une génération entière de jeunes désespérés. Cela ne devrait pas exister... des jeunes désespérés... Il y avait ça dans nos œuvres, du désespoir, et de l'humour pour chatouiller la barbiche du désespoir. Et puis un jour, František Chram, notre poète, nous a ramené deux « cousines » : Jarka Novotná et Šárka Železná. Je m'en souviens comme si c'était hier. Elles venaient de Brno. Nous avons compris qu'elles devaient se mettre à l'ombre pour quelque temps après un petit fait de gloire à l'université.

Le bas du rideau partait en gigue et j'avais honte de le remarquer.

– Nous étions une dizaine dans la grange. Quand elles sont arrivées, nous étions en train d'écouter un disque de Matuška, un chanteur populaire, très bon, mais résigné, inoffensif, comme nous tous. Je les revois. Quelqu'un a laissé son fauteuil aux deux filles. Jarka s'est assise par terre et Šárka a pris le fauteuil. Šárka m'a... Elle était jeune, mais elle dégageait une puissance, une lumière. Elle était comme phosphorescente, et plus que ça encore, vénéneuse, radioactive! Je ne vois pas d'autres mots. Elle ne ressemblait en rien à toutes les filles qui butinaient dans notre groupe. Et pourtant, elle n'avait rien d'impressionnant de prime abord. Elle était petite, de longs cheveux bruns disciplinés par un bandeau, des lunettes épaisses. À mal regarder, on l'aurait classée dans la catégorie de l'étudiante terne et coincée. Mais elle avait le feu sacré. Elle nous a observés pendant toute la soirée. À un moment, nous avons commencé à nous disputer pour élire le meilleur saucisson de la région. Nous débattions de la consistance, de la fleur, du prix. Et là, Šárka a explosé et nous a volés dans les plumes : « C'est comme ça que vous résistez à Blednice ? Avec du salami. Au secours ! Je veux retourner à Brno ! » On était vraiment vexés. Nous étions loin d'être des ploucs, mais quand tu viens pas des grandes villes, tu peux pas t'empêcher de porter cette petite honte que la plupart tournent en fierté sans tromper personne. Nous avons réagi. Et alors là, elle nous a canonnés dans tous les sens. Elle était vive, intelligente, pleine d'esprit et elle répondait à toutes nos attaques avec l'habileté d'une funambule et l'incandescence d'un sprinteur. Elle donnait l'impression de nous rendre trois vies d'expérience. Les discussions ont couru toute la nuit. Puis les débats se sont calmés. À un moment, elle... Je revois mon pote Vašek endormi sur la table, il n'avait enlevé qu'une chaussure. Il exhibait dans son sommeil une chaussette trouée de laquelle dépassait le gros orteil, un orteil sale et laid, vraiment hideux. Šárka m'a regardé et a mis l'orteil entier dans sa bouche. Elle m'a fixé quelques instants dans cette position. Je compris immédiatement que j'étais foutu. Elle était capable de tout. Elle était forte, si forte... Au petit matin, elle nous avait tous transformés en activistes. Nous étions plus résolus que jamais et moi j'étais fou d'elle, fou, fou, tu m'entends. Je savais que c'était elle... je savais que j'étais foutu.

Veselý fit une pause, il serra son poignet d'un geste circulaire, comme pour replacer une montre imaginaire ou soulager ses poignets après une garde à vue.

– Le soir même, je suis allé l'embrasser devant tout le monde, geste que je n'aurais pas été capable de faire la veille. Elle m'avait comme électrisé. On a commencé à se voir tous les jours. On faisait l'amour, ensuite on retrouvait les autres. Elle nous a fait circuler des samizdats, tu sais ces textes censurés ou contestataires que les dissidents recopiaient et cachaient sous des couvertures de littérature officielle ou dans des boîtes à gâteau. C'était la première fois qu'on en voyait. On lisait ça à deux ou trois pour aller plus vite. C'était l'amour et la Révolution. Elle avait établi une liste de *résistances*. Elle disait qu'il fallait commencer par percer des petits trous sur le navire pour que l'eau rentre et l'affaiblisse, que l'abordage ne pouvait réussir qu'à cette condition. On est passés à l'action. On sabotait les monuments à la gloire de la libération par les Russes, on essayait de foutre les jetons à tous les petits fonctionnaires zélés, on crevait des pneus, on foutait le feu aux boîtes aux lettres. D'autres personnes nous ont rejoints. On a élargi le cercle d'actions et Šárka supervisait tout, elle distribuait les rôles et les bons points. C'était de plus en plus difficile de se réunir sans éveiller de soupçons et nous tapions de plus en plus fort. Je ne trouvais plus le temps de créer la moindre pièce et je m'en foutais. Je m'en foutais parce qu'il y avait Šárka. Elle était ma révolution. J'aurais pu me contenter de cela, mais avec Šárka, ce n'était jamais assez et il fallait être capable de tout supporter. Ce n'était pas possible autrement. Un jour, l'un des nôtres s'est fait choper, Václav appartenait au premier cercle des gentils babas. Nous savions que s'ils le relâchaient tout de suite, cela aurait signifié qu'il avait parlé. Quand nous l'avons vu revenir dans l'après-midi, nous avons perdu confiance. On a arrêté de se réunir pendant des semaines. On travaillait depuis des mois et en une seule arrestation, c'étaient eux qui avaient réussi à faire le trou perfide sur notre embarcation mal ficelée. Šárka bouillait et râlait tandis que j'étais le plus heureux des hommes parce que je l'avais pour moi tout seul. J'étais le plus heureux des hommes de la génération désespérée.

Il ménagea un silence pour me laisser mesurer la portée de son antithèse. Nous imaginions depuis l'Ouest que croupissait derrière le mur un monde gris et silencieux, assombri par la ligne interminable d'une chaîne humaine devant une épicerie vide. Veselý avait raison de me rappeler qu'il y avait aussi l'amour. L'amour, le printemps et les bas de rideau qui dansent.

– Il fallait s'occuper et je pris les commandes de notre embarcation. C'était à mon tour de l'apprivoiser, de lui montrer d'autres aspects de la vie, les petits chemins, la sculpture, quelques-uns des petits bonheurs simples. Le sablier, c'est elle, sa première œuvre. J'ai vécu peut-être là les plus beaux moments de ma vie. J'étais fou amoureux, il me sembla que mon amour agissait et que Šárka commençait à s'apaiser. Nous avons emménagé ensemble. Elle avait trouvé un travail dans une usine de textile sur la route de Mlýnov. Je haïssais ce régime, mais vois-tu, j'arrivais à vivre. Je n'avais pas d'avenir, mais mon présent était supportable. On peut le voir comme une lâcheté ou la nécessaire adaptation pour survivre. J'avais la sculpture, je me faisais un peu d'argent ici et là, j'aimais me balader dans les forêts alentour et j'étais amoureux, heureux, autant qu'on puisse l'être. Mais Šárka, elle, était fondamentalement inadaptable. Elle était faite d'un autre bois. Après quelques semaines, elle a voulu relancer la machine. Plus personne ne voulait suivre. J'essayais de la dissuader de faire des bêtises, de viser trop haut. Nous avons commencé à nous disputer. Elle a voulu s'attaquer à la police secrète. Il y avait un jeune agent ici, que tout le monde connaissait. Il ne cherchait pas du tout à se cacher. Il n'avait rien de secret au fond et il emmerdait tout le monde à l'aide de petites mesquineries. Šárka a voulu s'attaquer à lui. Elle appelait cela l'opération G.K. des initiales de Gabčík et Kubiš, les deux résistants qui avaient commis l'attentat contre Heydrich. Je n'arrivais plus à la suivre. Mais je l'aimais. J'ai compris que si je ne l'aidais pas, elle passerait seule à l'acte. Un jour, elle m'annonça qu'elle s'était procuré de la poudre. J'avais peur, tu ne peux pas imaginer, ce n'est tellement pas dans ma nature tout ça. Mais je ne pouvais pas la laisser aller seule au casse-pipe. Je l'ai travaillée au corps et j'ai réussi à la persuader de faire sauter la voiture vide, uniquement pour faire peur à ce salaud. Pour la bombe, je voulais faire des petits tests. Il n'y avait pas Internet. Aujourd'hui, n'importe quel clampin peut te fabriquer une bombe avec trois bouts de chandelles, mais avant, c'était une autre affaire, moi j'avais peur qu'elle nous pète à la gueule tandis que Šárka qui n'y connaissait rien fourrait ses doigts partout. Elle voulait accélérer le mouvement et moi je faisais tout ce que je pouvais pour le retarder. Nous avons quand même établi un plan. J'ai passé des heures planqué à observer les allées et venues du grand dadais de la police secrète tchèque. Nous avons fini par être prêts. Nous avions tout : le matériel, le mode opératoire, l'emploi du temps. Il n'y avait plus qu'à fixer une date. Je n'en ai parlé à personne, je t'assure, absolument personne. À la maison, on utilisait un code pour parler de la chose. Nous devions passer à l'acte un dimanche, nous savions qu'il partait pêcher à l'aube, que ce jour-là les risques étaient réduits. Le vendredi matin, elle avait mangé une pomme. Elle détestait les pommes, mais pour s'endurcir, elle s'était donné comme défi de faire chaque jour une chose qu'elle détestait et ce matin-là c'était la pomme. Elle avait bouffé des escargots, de la langue de porc, du poumon de veau, mais la pomme n'était pas passée. Elle l'avait un peu mâchée puis recrachée. C'était au-dessus de ses forces. C'était la première fois que je la voyais flancher. Elle était si forte. Et pour quelque chose qui apparaît si anodin à tout le monde, une simple pomme. À ce moment-là, j'ai eu comme un mauvais pressentiment...

Il vida la bouteille de manière équitable dans nos deux verres, mais ne toucha pas au sien.

– Elle n'est jamais rentrée de l'usine. Je l'ai cherchée partout. J'ai interrogé tout le monde, je suis allé à Brno retrouver ses anciens amis, jusqu'à Prague, à Ostrava, Liberec, Blatna. Je collais les gens jusqu'à obtenir une réponse. Parfois, je recevais un gnon dans la tronche.

Il me montra ses deux dents en or.

– J'ai fait tous les hôpitaux, toutes les cités universitaires, toutes les forêts, tous les petits chemins. On me disait que l'amour, ça finit souvent comme ça, sur une lâcheté, même pour les plus courageux. Je ne croyais pas à la thèse de la rupture lâche. Je ne voulais pas y croire et j'ai fini par aller le voir, ce salaud, la petite frappe de la police secrète. Il était forcément mouillé dans sa disparition. J'avais repoussé ce moment, mais je n'en pouvais plus de ne pas savoir, tu comprends. Je croyais qu'il n'y avait rien de pire que de ne pas savoir. Il m'a reçu chez lui, en pleine journée pour que tout le monde me voie bien entrer. Ça a été bref. Il ne m'a rien dit. Il se contentait de sous-entendus, de petits conseils à la sauce « si j'étais vous... ». Il avait un tic désagréable de la lèvre qui te donne constamment envie de te gratter la moustache. Chaque mot suintait la fourberie. J'ai compris que je ne la reverrais plus.

Et puis, avant de sortir, il a ouvert son tiroir et en a sorti un foulard en mousseline rose. Je le reconnus immédiatement. Le monde s'écroula une deuxième fois, comme s'il y avait un trou dans le trou. Ce salaud crut utile d'ajouter : « Votre maman sera sûrement très heureuse de récupérer son foulard. »

Je ne pouvais plus rester à Blednice. Je ne voulais pas revoir ma mère, j'ai passé la nuit chez un ami et j'ai regagné Prague dès le lendemain. Et de là, j'ai fini par trouver un moyen d'émigrer.

Veselý avait parlé vite. Il ressentit le besoin de marquer un temps. Je sentais qu'il n'en avait pas encore terminé.

– Des histoires comme les miennes, tu sais...

Il fit un geste circulaire de la main comme s'il encourageait une portée de canetons à rejoindre leur maman.

– J'ai très vite compris ce qui avait poussé ma mère à donner Šárka, mais j'ai mis beaucoup, beaucoup de temps avant de... je ne dirais pas *pardonner*... avant d'y voir une certaine fatalité. J'ai même fini par ressentir de la compassion pour elle aussi. Je n'ai revu ma mère qu'après la révolution et encore pas tout de suite. Quand je suis revenu, elle était... comment dire... je ne l'avais pas vu depuis plus de vingt ans... En dénonçant Šárka, elle savait qu'elle allait se retrouver toute seule. J'étais son seul enfant. Mon père avait succombé à une maladie quand j'étais au lycée... Je crois qu'elle a beaucoup souffert. Elle nous avait sacrifiés pour me sauver.

Il se mit à chercher ses mots en hauteur à la jonction du mur et du plafond.

– De mon côté, j'avais parfois du mal à ne pas considérer mon départ comme une forme de lâcheté. Tu sais, je ne suis pas tout de suite revenu après la Révolution. Plus ma vie se déliait en Suisse, plus je culpabilisais. J'ai fini par me dire que j'aurais pu retrouver Šárka, que je suis parti trop vite, qu'ils l'avaient peut-être internée de force en hôpital psychiatrique et qu'ils l'auraient bien relâchée un jour. J'en suis venu à me dire, dans certains moments de faiblesse que je m'étais facilité la vie en partant. Je n'y pense pas tout le temps. Mais c'est resté là, tu vois. Alors quand tu m'as montré ta photo, je venais d'enterrer ma mère, j'y ai vu un signe, je me suis dit que ce ne serait pas idiot de t'aider un peu, que ça m'aiderait un peu aussi... Mais je ne voulais pas non plus replonger. J'ai beaucoup réfléchi pendant ces quelques mois. Il n'est pas impossible que la femme que tu recherches ait subi le même sort que Šárka... et...

Il prit une inspiration qui fit siffler ses poumons, je sentis que la phrase qui allait prononcer lui coûtait cher.

– Le mec, le salopard de la police secrète... Il est encore vivant. Je l'ai croisé dans Blednice cet automne.

Et je sentis qu'il allait me dire qu'il savait où il habitait.

– Je sais où il habite.

## 29
## LA BOÎTE NOIRE

La discussion s'était prolongée jusqu'au bout de la nuit. Il n'était pas quatre heures et deux oiseaux se disputaient déjà le grand solo de l'aurore dans un casting de haute volée ce qui réveilla l'instinct de chasseur de mon chaton qui gratta à la porte en miaulant. Veselý le prit dans ses bras.

– Camarade Chaton, ce matin les Camarades Merles remplacent le Camarade Coq que l'Ennemi du Peuple, le social-traître a plongé égoïstement dans le vin hier soir sans en faire profiter les Camarades Socialistes !

Et sans même me regarder :

– Qu'est-ce que tu attends pour lui donner un nom ? Que dirais-tu de Tabou ? C'est bien ça, Tabou ?

Veselý s'était libéré d'un poids qui en tombant lui avait rendu sa faconde et sa gaieté naturelle. Et ça avait l'air de beaucoup plaire à Tabou qui s'amusait à mordiller les gros doigts du sculpteur en lui faisant des clins d'œil félins.

Je ressentais une sympathie de plus en plus profonde pour cet homme qui irradiait une humanité non feinte. Son récit avait scellé entre nous un lien tacite et inaltérable qui prolongeait nos sourires et plissait nos yeux de tendresse. Ce lien-là n'avait pas besoin de nom.

Quand il libéra Tabou, il me demanda ce qui m'avait amené à Blednice. Réellement. Et pourquoi je recherchais cette femme que je ne connaissais pas.

Veselý avait fait fondre le bouchon et tout coula hors de moi. Je me suis livré cette nuit-là, peut-être pour la première fois, sans arrière-pensées, sans retenue, sans pudeur. Tout à coup, mes lèvres trouvèrent pour Veselý les mots que j'avais longtemps été incapable d'articuler pour moi-même. J'avais eu besoin de lui, de son histoire. Voilà tout. J'ai ouvert, ouvert la fenêtre, j'ai ouvert le col de ma chemise, j'ai ouvert les bras, et toutes les boîtes noires de ma vie, j'ai ouvert Pauline, j'ai ouvert la peur de l'abandon, j'ai ouvert l'enfance, j'ai ouvert mon père et ses serpents, ma mère et ses cachets, j'ai ouvert, ouvert en grand à en faire péter les côtes flottantes, j'ai ouvert ma petite boîte cabossée de l'amour-cathédrale et j'ai enfin ouvert la grande boîte de l'absence. Peu importe ce que j'en ai dit. Peu importe. Quand je me suis arrêté, nous étions deux somnambules décrochés de la nuit.

La lumière délicate de l'aube commençait à dessiner l'ombre chinoise du pommier et nous comprîmes qu'il n'y avait plus rien à ajouter, que ce moment ne se reproduirait plus jamais. Il y eut ce silence partagé qui aurait pu suffire, mais il n'y a rien de plus émouvant que quelqu'un qui se retient de pleurer et qu'une légère pulsation de la lèvre trahit. Nous nous sommes tombés dans les bras et nous avons serré tous les deux, serré jusqu'à ne plus s'appartenir.

J'étais passé de l'autre côté. Je savais ce qu'il me restait à faire.

## 30
## L'OMBRE DE KOPFRKINGL

Il s'appelait Ladislav Kopfrkingl. Cela ne s'invente pas.

Veselý n'avait pas eu besoin de m'écrire l'adresse, je connaissais la maison. Il était impossible de ne pas la remarquer. Elle dormait dans une rue calme aux abords de la place, comme un vieux chien à l'agonie. Elle avait dû être jaune. Son style néoclassique donnait un petit air viennois à la rue qu'elle dominait par sa position, comme par le fait que n'étant pas jumelée à d'autres bâtiments, elle disposait d'un jardin qui avait dû l'étreindre amoureusement à la belle époque, mais qui désormais l'étranglait de ces buissons informes que seules les friches des villes savent faire pousser. On distinguait à peine le rez-de-chaussée. Le faste était passé et le fond de teint de la façade hésitait entre la coulure et la craquelure comme le visage d'une vieille femme dont une joue aurait vécu en forêt amazonienne et l'autre dans le désert. La statue alanguie sur le fronton avait glissé et semblait se retenir d'un bras au sommet du chapeau, miracle que la physique peinerait à expliquer, mais que chaque jour renouvelait.

Je m'étais demandé plusieurs fois qui pouvait bien habiter cette bâtisse, comme de ces curiosités sans souci qui nous accompagnent dans nos promenades et qu'une autre curiosité chasse gentiment.

Je ne m'y suis pas précipité. J'attendis le départ de Veselý. Je profitai de ces quelques jours avec lui pour explorer les environs, les forêts, les étangs. Il me fit découvrir ses trajets favoris et ne cachait pas le plaisir qu'il avait de les retrouver et de les partager avec moi. La beauté de ce pays dépasse l'entendement pour qui est sensible à la douceur. Le moindre chemin, la moindre courbe d'un bois nous ouvre un livre de contes de fées. Rien n'est plat, rien n'est abrupt, et tout y est musical, velouté hypnotique. C'était comme si la surface de la Moravie avait épousé la respiration d'un géant tranquillement endormi après un repas bien copieux, surface ample que le printemps tachetait de fluorescences odorantes. Tous les jours, je mémorisais les courbes du paysage que j'essayais, le soir, de reproduire d'un trait de plume dans mon cahier. Très vite, cette ligne abstraite pour le lecteur profane était devenue ma signature secrète.

De temps en temps, je recevais le mail d'un galeriste qui confirmait poliment le peu d'intérêt du milieu de l'art pour l'œuvre de Veselý qui s'en moquait bien.

Je lui ai demandé un dernier service. Je désirais qu'il héberge Antonín, j'étais même prêt à laisser ma place. Je les fis se rencontrer. Le lendemain, Antonín rangea sa varlope et emménagea dans la vieille maison. Il fit d'emblée ce que j'espérais : il commença immédiatement à composer un scénario. Nous avons vécu tous les trois ainsi pendant quelques jours de lecture, de promenades et de bavardages. Antonín nous faisait tous les soirs un rapport sur ses avancées que nous arrosions de bière ou de vin selon l'inspiration. Nous formions un curieux attelage et nous étions bien. Mais Veselý avait ses secrets, il dut repartir.

Je me suis donné quelques jours pour profiter encore des pentes et des forêts que j'avais découvertes. Je savais ce que j'avais à faire, mais j'ignorais vers quoi j'allais. Il me fallait profiter à plein de cette parenthèse pour me régénérer et suivre la respiration du printemps. Pendant l'hiver, on finit par douter que la vie reprenne au point que la première tache verte donne en émotion au prince des villes, ce que la première soirée à l'opéra donne au roi des champs. Tous les jours, j'observais avec l'avidité de l'enfant l'avancée des bourgeons, des buissons, les poussées fragiles ou hirsutes des feuilles, l'apparition des fleurs blanches, jaunes, bleues. J'étais bien incapable de n'en nommer aucune et cela m'était égal. Chaque balade exaltait jusqu'au vertige les senteurs du renouveau. C'était bête à dire. J'étais le printemps. Qu'ai-je fait, pensai-je, pendant trente ans ?

Mais l'ombre de Kopfrkingl s'avançait lentement. Je fis des approches timides. Je suis passé plusieurs fois devant son portail, sans me résoudre à entrer, sans même m'arrêter. Je savais que la vérité que j'y trouverais me rendrait à Paris, ne serait-ce que pour revoir mon plombier. Mais surtout, j'avais peur. Une de ces peurs irrationnelles pétries dans la farine de l'enfance et dont on ne se débarrasse pas même avec l'âge, c'est elle qui nourrissait mes pas aux abords de la maison. La boîte aux lettres n'affichait aucun nom, et deux fils électriques écartés en cornes de diable sortaient d'un pilier où avait dû être branché il y a fort longtemps un interphone que j'avais cherché en vain quelques mois auparavant.

Tous les jours, Míla me demandait où j'en étais. Elle ne comprenait pas mes hésitations.

– Passe au-dessus de la grille et tape jusqu'à ce qu'il sorte ! Ou campe devant. Il fait ses courses de temps en temps, on l'a tous croisé ! Tu attends qu'il clamse ? Tu serais bien avancé.

Elle me menaça d'y aller elle-même et je me mis en colère pour la première fois.

– Mais quand alors ?

Le samedi, la Fête des sorcières allait s'emparer de la ville.

# INTERLUDE

Ota n'était plus retourné à l'étang.

Il avait regardé les années s'écouler comme un réservoir qui se vide. Le temps le froissait tel un vieux journal giflé par le vent, mais il était toujours là. Il avait survécu au nazisme, au communisme et à l'étang. Il ne craignait plus rien, pas même la faucheuse. Au contraire. Il attendait que son ami Pavel vienne le chercher. Il se rendait chaque jour à la brasserie, commandait deux bières qu'il posait face à face, l'une pour lui, l'autre pour son pote Pavel. Il trinquait toutes les cinq minutes et buvait les deux. Puis il recommandait, recommandait, balisant le temps comme un métronome gelé.

Il était là. Tous les jours, comme l'air, l'eau ou la pierre. Tout le monde avait oublié son nom. C'était le Vieux.

Plus rien ne le touchait et chaque journée passée l'enfonçait davantage dans un coton gris qui amortissait ses sens et l'éloignait du monde.

Mais il était toujours là, vissé à sa table, seul le léger tremblement de ses mains nous rappelait qu'il était en vie. Sa génération disparaissait peu à peu. Josef, Vítězslav, Miroslav, Egon, les enterrements s'étaient succédé et il ne restait plus que lui. Quand on était enfant, on l'avait regardé comme un vieux bonhomme. Voilà qu'on avait des cheveux blancs désormais et qu'il était encore là. Parfois, sa présence faisait poindre une angoisse qu'il fallait vite balayer, celle de ne pas lui survivre. Personne n'aurait osé lui acheter le monde en viager.

Un jour qu'il était un peu plus éveillé que les autres, il remarqua deux jeunes hommes qui vinrent s'asseoir à la table d'à côté. Et là, à sa plus grande surprise, il entendit parler d'un petit étang, presque une flaque cachée à la lisière d'une clairière qu'aucun chemin ne rejoignait. Un étang magique.

On avait baissé d'un ton, mais Ota n'avait rien écouté depuis si longtemps que c'était comme s'il avait emmagasiné l'attention de toutes ces années pour forcer ses tympans à entendre ce qui allait suivre.

– Je ne sais pas où exactement. Mais apparemment, c'est là qu'ils font disparaître les corps. Quatre disparitions en moins d'un an... Je te dis qu'on ne les reverra plus. Quand j'étais gamin, on me racontait déjà des histoires d'étangs magiques, de carpes malicieuses qui dévorent les pêcheurs. Je me rappelle que mon oncle me disait que ces carpes diaboliques, les carpes-amour qu'il les appelait, c'est encore mieux que les cochons parce que ça bouffe même les dents, que ça ne grogne pas de plaisir, et que ça ne réveille personne en bouffant, pas même les renards. Je te le dis comme je l'ai entendu.

Alors Ota reposa son verre. Sa main ne tremblait plus.

# CINQUIÈME PARTIE

## 31
## LA FÊTE DES SORCIÈRES

*Les vraies passions sont égoïstes,* écrivait Stendhal, je ne sus s'il fallait appliquer cette sentence au Picasso du jarret qui badigeonnait au pinceau un cochon qui tournait indifférent sur sa broche ou à Míla qui débarqua au milieu de la fête flanquée de Hogan, le musculeux.

Antonín haussa les sourcils. Il était de mauvais poil alors que la place centrale se remplissait de gens souriants et décontractés. Un groupe folklorique s'ébrouait sur la scène et c'était plutôt agréable. Deux femmes chantaient des mélodies simples en opérant les mains sur les hanches de petites rotations régulières qu'accompagnaient un trio à cordes, une clarinette et une sorte de harpe allongée sur laquelle tapait un musicien équipé de deux étranges baguettes pareilles à des pattes de poulet. Ça sonnait comme une guitare qui serait restée trois siècles et demi dans un tonneau et cela trouvait parfaitement sa place au milieu des cris, des rires et des embrassades.

– Cymbalum, me renseigna Antonín. J'ai horreur de ça.

J'aimais cette bizarrerie. Les chansons s'enchaînaient au rythme des verres qui se vidaient, verres qu'aucun musicien ne laissait s'éloigner à plus d'un mètre de ses pieds. Ces chansons, je les entendais pour la première fois et pourtant elles me donnaient l'impression de les avoir toujours connues. À Paris, tout ce folklore m'aurait sûrement arraché le même dédain qu'Antonín, mais là dans le saint des saints c'était comme si je descendais en rappel dans l'âme du pays. J'en oubliais presque ma mission première pour laquelle j'avais sollicité l'aide d'Antonín et de Míla : repérer Kopfrkingl.

J'avais peu de chances de l'identifier, mais je motivais Antonín comme un entraîneur de boxe en lui demandant sans cesse de me redécrire l'animal.

Un danseur largement botté s'avança sur la scène et entama des acrobaties. Il levait les bras et tapait à un rythme effréné des parties de son corps avec le plat de la main – le pied, la cuisse, la poitrine – avant de revenir à la position initiale. Puis après quelques instants de temporisation, il recommençait. C'était un peu comme si on le piquait avec une aiguille de Javel toutes les trente secondes et pourtant on finissait par lire dans toute cette gesticulation un mariage de puissance et de légèreté qui donnait envie aux enfants de s'y essayer et de se casser la gueule en l'imitant. Antonín fit une moue de vieille miss anglaise qu'il plongea dans sa bière.

– Il ne viendra pas. Je pourrais être en train d'écrire là...

Je sentis que j'allais le perdre. Je lui demandai des renseignements sur Hogan.

– Petr Burian. On l'appelle Speed. Il fait partie du Cercle. Sous une écorce abrupte se cache... une brute épaisse. Nan, je plaisante... C'est un spécialiste du cinéma de genre. Il t'étonnerait, crois-moi. Il est redoutable. Il lui arrive de regarder les films en accéléré, une fois et demie la vitesse normale. C'est comme ça qu'il parvient à voir quatre films par jour. C'est un principe qui paraît indéfendable, mais il est capable de parler de ces films comme s'il les avait vus deux fois. Et puis quand il repère une pépite, il se la repasse à vitesse normale. Bon, et bien sûr il aime la muscu comme tu peux le constater.

– Vous en avez d'autres des champions comme ça ?

– Y a Žofinka, elle fait des petits films d'animation en prenant des centaines de photos de vrais acteurs en situation, ensuite elle imprime les photos qu'elle découpe et qu'elle remet en scène image par image. Ça prend des mois pour tourner cinq minutes de film et c'est formidable. Mais elle a intégré la FAMU, la grande école de cinéma à Prague. Elle revient rarement au bercail. Et puis, aussi Juraj, un esthète slovaque qui consacre sa vie au cinéma asiatique.

Peut-être le bougre qui tripotait allégrement les fesses de Míla, pensai-je.

– D'autres qui vont et qui viennent. Ben tiens, voilà Míla.

Elle ramenait trois bières selon une technique locale éprouvée, deux entre les pouces et l'index de chaque main et une troisième entre les deux majeurs qui se rejoignaient. Elle s'était délestée de Speed qui avait préféré aller s'enfiler trois films de John Waters. Míla était belle à voir dans sa petite robe jaune qu'une Parisienne n'aurait pas boudée. Le cochon commençait à être à point et se multipliait partout sur la place jusqu'aux narines d'Antonín qui retrouva un peu d'entrain. Míla était persuadée que Kopfrkingl pointerait le bout de son nez. Elle scannait la place, le cou tendu comme un périscope.

Antonín attira notre attention sur un groupe d'enfants qui jouaient à l'écart. Nous les avons observés un long moment. Il s'agissait d'un jeu qu'il avait vu pour la première fois dans *Le Pigeon* de Mario Monicelli, comédie italienne des années 50. Pour passer le temps, un groupe de prisonniers avait inventé ce divertissement : le pigeon montre son dos à tous les autres joueurs qui se tiennent derrière lui. L'un d'eux déclenche une bonne calbote, comme ça à l'inspiration. Si le pigeon devine qui a frappé, ils échangent leur place. Sinon, il garde son siège de pigeon et en reprend une jusqu'à ce qu'il trouve. Les enfants jouaient une variante morave, qui avait substitué à la calbote, une sorte de radis qu'ils envoyaient allégrement sur l'occiput du pigeon et qui ratait parfois sa cible, ce qui ajoutait un risque à la prise de risque puisque, dans ce cas, le maladroit devait remplacer le pigeon.

Sur scène, un deuxième groupe relaya le premier. Le chanteur bondit en costume folklorique. Il ressemblait à Elvis après son traitement à la cortisone. Il fit un petit discours qui amusa tout le monde et la musique gagna en volume et en énergie. Les pieds ont commencé à battre la mesure sur les tables, on se mit à chanter ici et là et on se relaya plus souvent à la tireuse à bière. Je surpris même Antonín tapoter discrètement son index gauche à l'ombre de son bras droit.

Un couple se leva, puis un autre, puis un autre. Il y avait même des jeunes. Le bal était ouvert.

– Tu vois tout ce bordel ? Les communistes auraient adoré. De bonnes vieilles chansons à la con sur l'amour et le printemps, sur le temps qui passe, le vin, les mariages et les filles-mères... Tout ce que tu veux sauf de la politique.

Míla fut plus prompte que moi :

– Tu nous emmerdes, Antonín.

Il n'avait pas moufté. Au fond, il avait craché sa dose de venin bi-quotidienne sur les communistes, il allait pouvoir se détendre.

Míla en profita pour me prendre par la main et m'entraîna sur la piste de danse. J'avais déjà bu assez de bière pour me trémousser sans honte en suivant vaguement les gestes de cette danse millénaire que je copiais sur les hanches et les pas de Míla. J'arrivais à l'étonner. Elle riait et s'enhardissait de me voir galvanisé par la musique. On ne savait plus trop qui imitait l'autre. J'étais morave tout à coup. J'étais tchèque. Slave. J'étais celte. J'étais bien.

Elle se rapprochait et s'éloignait de moi comme si nous étions reliés par un élastique invisible. Chez Bébert, il n'y aurait pas eu assez de place pour nous deux.

Puis la musique s'arrêta et une clameur de satisfaction monta de la place. Le chanteur prononça quelques mots et alors je vis un homme furieux et titubant (plus furieux que titubant d'ailleurs) grimper sur la scène et entreprendre d'étrangler le chanteur qui venait de dédicacer la chanson à un certain Prokop. Il ne fallut pas moins de trois costauds pour les séparer et la musique repartit de plus belle tandis qu'Elvis, loin d'être déstabilisé, avait du mal à réprimer son rire avant l'entame du premier couplet. Míla m'expliqua que c'était une chanson sur les cocus et que chaque année, le chanteur faisait la même blague à son ami Prokop. Les trois costauds faisaient partie de la prestation et préféraient que cela se passe le plus tôt possible pour profiter ensuite de la soirée. Après les Sorcières, il fallait toujours deux mois à Elvis et Prokop pour se rabibocher, mais on finissait toujours par les revoir ensemble à la brasserie à la table des habitués taquins, copains comme cochons jusqu'aux Sorcières suivantes.

Nous avons dansé encore et encore. Les enfants continuaient de se jeter des radis sur la tête, les jeunes fumaient en cachette de leurs parents qui échangeaient des baisers blonds, demi-secs ou pétillants, il y avait ceux qui chantaient et ceux qui n'avaient plus de dents et chantaient quand même.

Le cochon fondait.

J'aperçus la réceptionniste de l'hôtel en train de se rouler un joint à une table, à la vue de tout le monde. Elle avait des cheveux qui hésitaient entre le bleu, le vert, une sorte de gris désargenté et un mauve légèrement jaunâtre (si, si).

Puis la musique s'arrêta de nouveau et tout le monde se tourna vers le bûcher tout en haut duquel un jeune homme bien en chair essayait de faire tenir la sorcière, mais la chose refusait si bien son sort que la chorégraphie du jeune homme commença à se compliquer au point qu'on ne pouvait plus distinguer qui du jeune homme ou de la sorcière était le pantin. Des pompiers avaient dressé des barrières sur lesquelles se pressaient les enfants ravis du spectacle burlesque. Quand la sorcière perdit son chapeau, il fallut redescendre et les enfants se mirent à pousser des « Ha ! » moqueurs qui faisaient trembler chaque pas du pauvre jeune homme sur les barreaux de l'échelle qui paraissaient de plus en plus mous sous son poids. Finalement, il laissa sa place à une dame qui fit pire en décapitant la sorcière. Les enfants entrèrent en extase. Un bon quart d'heure fut nécessaire avant de tout remettre en ordre et qu'un pompier se charge professionnellement de la chose.

Et enfin, ce fut le grand embrasement. Les rires s'étaient tus. Il y eut une forme de recueillement devant ce haïku de l'instantané et de l'éternel que même les plus turbulents comprennent.

Les flammes montèrent vite, finirent par s'emparer de la sorcière et mangèrent symboliquement l'hiver. Une autre vie pouvait commencer.

Très vite, le concert reprit. Les tables étaient émaillées de boudeurs et nous retrouvâmes Antonín dont les yeux avaient doublé en nous voyant :

– Putain ! Il est là ! Derrière vous !

## 32
## PAUSE PUBLICITAIRE

Le concert avait repris. Nous retrouvâmes Antonín qui ne tenait plus en place.

– Putain ! Il est là ! Derrière vous !

Il était assis à la dernière table à gauche de la scène. J'étais assez physionomiste et pourtant son visage n'agitait qu'une vague ressemblance, je n'arrivais pas à le remettre. Quelques traits accrochaient, mais l'ensemble échappait. De là où j'étais, il m'était difficile de le décrire alors je me suis approché un petit peu en faisant mine d'admirer le spectacle sur scène. On s'attend toujours à trouver un monstre et on se retrouve avec un vieux monsieur qui inspire peu de choses. Grand et sec, il avait conservé une abondante crinière blanche qui lui conférait une certaine prestance que son dos courbé et déformé lui retirait aussitôt.

Je me suis retourné pour faire illusion et j'ai croisé le regard de Míla et d'Antonín qui me suivaient aussi discrètement que possible. Je me suis approché encore un peu. Que risquais-je au fond ?

Je pus détailler son visage. Catégorie 2 : les félins. Grand front qu'une certaine manière de relever les sourcils ridait plus que besoin, des yeux étirés qui affleuraient sur un faciès plat au milieu duquel triomphait un long nez droit et noble que même l'âge n'avait pas réussi à épater. Il me rappelait ce prix Nobel de physique, Georges Charpak avec en plus une mélancolie, une amertume sourde, comme si un collègue, au dernier moment, lui avait piqué sa découverte pour obtenir le prix à sa place.

Je me suis approché encore un peu. Je le vis descendre la moitié de sa pinte en trois gorgées de géant. Quand il reposa sa chope, nos regards se sont croisés et je compris qu'il m'avait reconnu. Son air lointain et désabusé s'enrichit de méchanceté. Tout chez lui me repoussait, mais une force que je n'avais pas soupçonnée me lança droit sur ma cible. J'étais debout, face à Kopfrkingl. Enfin. Et en lui montrant le banc :

– Puis-je ?

– Foutez-moi la paix (en tchèque, on fout la chambre ou l'espace).

Je me suis quand même assis.

– Ah ! Vous êtes un emmerdeur alors !

Au fond, les pompiers, les mains dans le dos, continuaient d'admirer leur feu.

Je n'avais rien préparé. J'étais assis à côté de lui et il venait de m'insulter. C'était un bon début. J'aurais pu lui sortir une banalité ou l'une de ces blagues de mafieux tarantinesque, mais rien ne me vint sur le moment et il fallait bien avouer que mon affaire était sans danger. Il était inutile de jouer le gros bras que je n'étais pas. C'était plus simple que cela.

Sur scène, le groupe embraya les premières mesures d'un nouveau titre qui enflamma la place, les gens se précipitèrent pour aller danser. Même la queue à la tireuse se désagrégea. Il ne restait plus assis aux tables que les vieux et les emmerdeurs.

– Je ne cherche pas à vous ennuyer, j'aimerais juste...

– Je sais parfaitement ce que vous voulez, je vous ai vu faire le pitre pendant des mois sur la place. Je ne vous dois rien. Je n'ai aucune envie de vous parler. D'ailleurs, vous parlez affreusement mal.

Il vida sa bière d'un trait, se leva difficilement, me gratifiant d'un coup de pied (involontaire, mais coup de pied quand même) et me laissa en plan. Le premier contact avait été vigoureux, j'attendis quelques instants avant de rejoindre Míla et Antonín. Il ne restait du cochon que la broche sur laquelle tournait tout seul un petit morceau de gras.

– Alors ? Alors ?

– Un charmant bonhomme...

Il n'y avait pas grand-chose à raconter. Nous analysâmes gentiment les quelques mots qu'il m'avait lâchés :

1/ Il n'était pas gâteux.

2/ Il me connaissait et savait ce que je voulais.

3/ Il n'avait pas nié savoir quelque chose.

4/ Il m'était clairement hostile.

Cela aurait pu être pire. Je ne voyais qu'une chose à faire et elle m'apparut très clairement : le faire craquer. J'avais pour moi des qualités essentielles. J'étais soumis aux pires obsessions, j'avais fait de cette affaire une priorité de ma vie et surtout je disposais de tout mon temps. C'était le printemps, j'allais faire le pied de grue devant son portail jusqu'à ce qu'il craque. Je serais là tous les jours dès le matin à 8 heures et jusqu'à 8 heures du soir. Il ne pourrait plus s'approcher d'une fenêtre sans m'apercevoir et je savais qu'il finirait même par me sentir les fenêtres fermées. On peut se débarrasser d'une personne assez rapidement, mais pas de l'idée d'une personne. Il penserait à moi, même assis sur la cuvette des toilettes. J'étais plus résolu qu'un alpiniste avant d'ouvrir une voie sur l'Annapurna. Il m'avait traité d'emmerdeur. Il ne savait pas à quel point.

Je pus profiter de la soirée et mon Dieu qu'elle était belle ! Nous dansâmes comme des diablotins, Antonín finit par nous rejoindre sur la piste. La musique passa sur moi comme un torrent, et entra par tous les pores de ma peau.

Cette sensation d'emprise et d'appartenance à une culture qui n'était pas la mienne, et qui me prenait par en dessous me faisait toucher pour la première fois à la pierre première de toute culture, au cri d'avant Babel. J'étais cet enfant, cette vieille dame, le sourire de Míla, la rage d'Antonín et les flammes d'un sabbat ancestral qui me ramenaient à un état de virginité, me rhabillaient de blanc. Je sautais, je sautais, libéré de tout, et je lançais mes bras dans tous les sens comme si je pouvais embrasser le monde.

À la fin de la soirée, quand seul le souvenir de la fête faisait encore onduler l'air, Míla vint à moi et me dessina un cercle avec ses doigts :

– C'est bon, tu es prêt.

– Ce n'est pas trop tôt ! rugit Antonín.

Alors elle se plaça entre nous deux, passa ses bras autour de notre cou, se servit de nous comme de deux piliers pour jouer une passerelle en équilibre et pédaler dans le vide. C'est ainsi que nous rentrâmes tous les trois chez Veselý.

Deux jours plus tard, elle emménageait chez nous.

## 33
## LA GUERRE D'USURE

Voilà, j'étais enfin devant l'étrange demeure de Kopfrkingl avec une coupure de rasage fraîche sous le menton.

Et j'étais équipé : une petite chaise pliable, un pull, un thermos de café, de la salade, un sandwich beurre-salami hongrois, un autre au fromage de chèvre, deux pommes, un paquet de biscuits, un cahier, un crayon, un taille-crayon, le journal local, mon téléphone mobile gavé à bloc de films et de podcasts. J'avais aussi ressorti mon bon vieux panneau avec l'agrandissement, le texte et mon numéro de téléphone. À ses côtés, je me sentais plus fort, comme si nous étions deux à affronter la bête.

La première journée fut la plus difficile. Il me fallait trouver le rythme et toute l'efficacité que seule l'expérience offre : j'avais trop à manger et pas assez à boire. On ne reste pas douze heures dehors impunément. Le soir, ma peau que le vent avait fouettée toute la journée craquait comme un vieux plancher. La vidange était aussi un problème. Après quelques tentatives infructueuses qui me permirent d'élargir encore le champ de mes insultes tchèques, je finis par dégotter au bout d'une rue perpendiculaire un petit buisson, un merveilleux petit buisson à l'abri d'une poubelle en forme de mamelon troué d'un œil qui recevait de temps en temps une bouteille dont le fracas me faisait sursauter et maculer mes chaussures.

Je savais que ce serait une course d'usure et qu'à ce jeu-là les anciens sont redoutables. Mais les grandes choses demandent souvent plus d'obstination que d'intelligence et dans ce domaine mes *petits* défauts avaient leurs qualités.

Le commerce que j'avais entretenu avec les ordinateurs m'avait au moins appris une chose : certes les ordinateurs sont rapides, mais ils sont surtout hermétiques à l'impatience, au découragement et au désespoir. Ils tournent, ils tournent jusqu'à ce qu'ils trouvent.

Et la bécane tourna, tourna longtemps.

Je ne cherchais pas à jouer au justicier. Et si Kopfrkingl ne m'inspirait aucune sympathie, je me gardais bien de punir le bras pourri d'une guerre qui ne m'avait pas frappé et dont je n'avais qu'une connaissance livresque. Les Tchèques ne l'avaient pas fait eux-mêmes après la Révolution, au nom de quoi fallait-il que je l'ennuie ? Au fond, il ne m'intéressait pas, mais je dus faire un petit travail sur moi pour m'en persuader. Seuls les sorts de Rybová et du photographe devaient motiver ma détermination.

De temps en temps, il sortait pour faire quelques courses. Cela lui prenait moins d'une heure. Il s'ingéniait à ne pas croiser mon regard en traversant son jardin, pourtant je sentais à chaque fois, à sa manière d'ouvrir le portail, d'insérer la clef dans la serrure, de poser son sac sur le muret que la pression dans la cocotte-minute montait. J'étais là, toujours au même endroit, et j'obscurcissais considérablement le peu de soleil qui lui restait.

Un jour, il ne ferma pas à clef les portes de la maison et du portail et partit avec son cabas faire ses courses. Ma première idée fut celle de l'imbécile : entrer et fouiner un peu. À force d'observer cette maison, son jaune pisseux, sa statue en équilibre sur le chapeau, je m'étais construit une image mentale de son intérieur que je brûlais de confronter à la réalité, mais le piège était trop grossier pour que je tombe dedans. Une histoire à se faire embarquer par la maréchaussée sous les yeux narquois du Kopf.

Une autre fois, il s'installa dans le jardin et me fit face. Nous nous sommes regardés ainsi. Ses yeux envoyaient des coups de griffes auxquels j'essayais de répondre par l'expression sans haine de la détermination, seul message apte à abréger nos souffrances respectives. J'avais l'avantage de la prostate et je savais qu'il lui faudrait pisser avant moi.

C'est lui qui a baissé le regard après plus de deux heures.

Mais la plupart du temps, il ne se passait rien. Je coulais des journées étranges dans la rue d'une petite ville de Moravie devant la maison d'un homme que je ne connaissais pas et dont j'attendais tout.

Le printemps passa. Rien que ça.

Il me fallut m'équiper encore. J'achetai de petits marcels qui peaufinèrent mon bronzage agricole. Le bénéfice pour ma culture fut incommensurable : des dizaines de films tchèques, des romans, des centaines de pages de notes, j'écrivis même une nouvelle qui raconte l'histoire d'un petit lutin qui vit dans un Lavomatique au milieu des vêtements. Des poèmes et des listes de vocabulaire que j'apprenais par cœur et que je récitais le soir aux *Belles Pertes*. Les anciens me payaient des coups pour m'encourager à ne pas craquer et mettre à genoux « cette raclure » de Kopf. Je ne partageais pas leur haine de Kopfrkingl et je ne répondais jamais à leurs remerciements, mais j'acceptais toutes les tournées et tous leurs compliments sur ma connaissance de la culture tchèque. C'était ma plus grande fierté.

Début juillet, une canicule terrible frappa la région. On dépassait les quarante à l'ombre. Je me suis équipé d'un parasol. On venait me ravitailler en eau et en serviettes réfrigérées. Je perdis huit kilos, mais je tins bon. Je savais que cet épisode désespérerait le Kopf. Comment pouvait-il en être autrement ?

Certains moments de la semaine prenaient une importance déraisonnable dans ce vide de l'attente, seul avec soi-même. Mon expatriation n'avait pas réussi à me faire oublier *La Tribune des critiques de disques*, une émission qui propose chaque semaine à des spécialistes de musique classique d'écouter en aveugle différentes versions d'une même œuvre de grands compositeurs, de les commenter et de choisir celle qu'ils préfèrent en écartant l'une après l'autre les interprétations les moins convaincantes. Sans préjugés, il arrivait que Brendel ou Rostropovitch saute dès le premier tour et j'adorais cette petite torpeur radiophonique qui crie à l'encre sympathique : « Putain, on a viré Brendel ! » Cependant, alors que j'écoutais une 6e version de la sonate *Arpeggione* de Schubert, des notes qui n'étaient pas sur la partition s'invitèrent fort impoliment. Une ambulance toutes sirènes hurlantes se gara devant le portail.

Putain, j'avais tué le vieux !

Je le vis sortir sur un brancard accompagné par deux infirmiers calmes et précis. Il n'avait pas de masque à oxygène. J'étais à peine rassuré. Je remballai mon matériel et me précipitai à l'hôpital où je me présentai comme son petit-fils. L'infirmière m'annonça que ce n'était qu'une petite crise de panique, qu'il allait mieux et qu'il sortirait rapidement. Elle me proposa même de le rejoindre. Je déclinai. J'étais rassuré, je savais de quoi il souffrait et je m'imaginais parfaitement le visage de Kopfrkingl recevant en prescription sa cure de magnésium et son cours de yoga.

Cependant, l'alerte me donna à réfléchir. Fallait-il continuer ? N'étais-je pas en train de le torturer ? Je doutais de la légitimité de ma démarche qui me transformait un peu plus chaque jour en bourreau froid. Míla et Antonín n'étaient pas de cet avis. Kopfrkingl méritait ce qui lui arrivait. Antonín était travaillé par une lame de fond qui le poussait à tous les excès. Je sentais que nous ne jouions pas la même partition et pour cause. Il me voulait le bras armé de quelque chose qui ne me concernait pas. Lui non plus n'avait pas vécu la période communiste, mais il avait hérité des stigmates de cette époque par les témoignages de ses parents, de ses grands-parents, des romans qu'il avait lus et de tous les films qu'il avait vus. En l'écoutant parler et en l'observant travailler une boule de mie de pain, je compris ce qui se jouait dans cette haine que tout son corps recrachait : Antonín culpabilisait de ne pas avoir connu le communisme et de ne pas avoir souffert directement. Il lui fallait endosser cette souffrance et cela commençait en combattant l'oubli. Cet oubli était nécessaire à ceux qui avaient vécu le communisme, il ne fallait pas gâcher la liberté qu'ils avaient gagnée de haute lutte. On ne pouvait pas oublier, mais il fallait oublier. Il fallait se souvenir et oublier dans le même mouvement. En réalité, personne ne savait vraiment comment faire.

Mais je refusais d'endosser quoi que ce soit, la culture tchèque faisait désormais partie de ma vie, la langue entrait tous les jours plus avant à l'intérieur de moi, je me sentais travaillé par cet apprentissage, mais si le passé communiste m'intéressait, je me défiais d'en devenir un acteur tardif (et ridicule ?) Je n'en avais ni l'envie ni la légitimité.

Je voulus abandonner. Antonín et Míla me menacèrent de prendre le relais. Décidément, je ne comprenais rien. J'étais d'une légèreté affligeante, je me laissais manipuler par ce vieux salaud. Au fond, ils savaient que je finirais par me dégonfler, que je leur avais vendu de la camelote, que je n'étais pas meilleur qu'eux. Ce fut notre première crise.

Mais alors, arriva ce que seuls les amoureux du romanesque peuvent accepter (et pourtant c'est exactement ce qui se passa) : Tandis que je répétais « je ne veux pas tuer le vieux, je ne suis ni juge ni bourreau, je ne veux pas être responsable de sa mort, c'est simple », mon mobile vibra. Un message de quatre mots seulement, quatre mots comme un jus de citron, résultat de cent jours d'effort : *Passe me voir, Kopf.*

Il avait calmé tout le monde. Puis :

– Tu vas y aller tout de suite ?

– Oui.

– Tu n'as pas peur ?

Míla s'inquiétait pour moi. Mais que pouvait-il me faire ?

– T'égorger.

Il n'y avait pas de raison. C'était absurde. Je ne constituais aucune menace, ni physique ni judiciaire.

Il y eut un moment solennel qui me fut désagréable, comme des adieux à une frontière. J'accélérai le mouvement. Je pris mon petit sac à dos d'écolier. Míla m'embrassa comme si c'était pour la dernière fois.

## 34
## LE CAPITAINE KURTZ

Il était 21 heures. Une fine lame de lumière surlignait l'horizon. Au rendez-vous du soir, les grillons devançaient les crapauds.

Une angoisse monta en moi et sur le trajet, j'eus le temps d'en vouloir un peu à Míla pour ce cadeau empoisonné. Un oiseau tomba mort à mes pieds. C'était la première fois de ma vie. J'avais vu des dizaines de pigeons écrasés par les voitures, mais un oiseau, comme ça, mort en plein vol, c'était la première fois. Ça fourmillait pas mal dans le bras gauche et j'utilisai les neuf cents mètres qui me séparaient de la demeure de Kopfrkingl pour faire de la respiration ventrale.

Une fois arrivé devant le portail, je n'osai passer par-dessus. J'attendis. La bâtisse affichait toujours sa lèpre jaunâtre et sa statue bringuebalante. Bien que je la connaisse par cœur, j'avais l'impression de voir cette demeure pour la première fois.

L'idée me traversa de le héler, mais je m'en dispensai, plus par lâcheté que par civisme. Ces minutes à poireauter devant la porte en fer noir furent bien plus longues que la moindre des heures que j'avais passées les mois précédents, même par 42° degrés, quand au bord de l'évanouissement, ma tête s'enfonçait dans mes épaules.

La rue était déserte, à peine entendait-on s'échapper des fenêtres, des panachés de vaisselle et de télévision que quelques cris d'enfants zébraient d'une joie impérieuse.

À force de pratique, je croyais être devenu un spécialiste de l'attente. Il n'en était rien. Je réalisai ce soir-là devant la maison de Kopfrkingl que les mois de vigie tenaient davantage de la performance que de l'attente réelle.

Je découvrais d'ailleurs qu'il est difficile d'attendre debout droit sans bouger, en respectant un écartement des jambes et en fixant un point précis pendant plus d'une ou deux minutes. Le regard finit toujours par s'échapper, les bras balaient des positions, les jambes hésitent et explorent les possibles, tous plus insatisfaisants les uns que les autres, ce qui pousse immanquablement à une petite danse qu'il faudrait voir en accéléré pour en apprécier les subtilités. Je tournai plusieurs fois sur moi-même pour feindre la magie et lui donner une chance d'apparaître.

Et cela fonctionna.

Une ombre noircit la fenêtre, puis la porte s'ouvrit. Il me fit le signe d'entrer. Le portail était ouvert.

J'ai traversé le jardin en friches aussi à l'aise qu'une girafe en talons à la patinoire et je concentrai tous mes efforts pour n'en laisser rien paraître. Lui ne bougeait pas, plus stable et immuable que la statue au-dessus de sa tête qui semblait avoir encore glissé de quelques centimètres.

Il me tenait la porte. En passant devant lui, je n'eus pas à lui serrer la main que j'imaginais plus morte et moite qu'une escalope. Sa chemise était ouverte à moitié. Il exhalait cette odeur rance que les lieux laissent sur les gens.

– Tes chaussures !

Du pied, il poussa vers moi deux savates éventrées que je n'osai refuser. Et pourtant, on pouvait se demander qui des chaussures ou du sol salissait l'autre.

Si l'on exceptait la pestilence, la saleté, l'obscurité, la vétusté et le bordel, la maison était un vrai petit nid douillet.

Il passa devant moi, buta contre un sac rempli de poignées de porte qui gisait à l'endroit où une lame de parquet avait été retirée et posée en équilibre sur le mur. Cette lame coinçait au sol une photo impossible à identifier dans le noir.

Une fois dans le salon, il m'indiqua un fauteuil à oreilles, agréable au regard et qui jurait avec le reste du mobilier. En m'asseyant, je crus tomber en arrière tant il était mou. Cela ressemblait en tout à un piège, mes genoux remontaient jusqu'au menton et je me suis demandé comment me sortir de ce guêpier.

Le salon était indescriptible. Il offrait l'apparence de ces réserves que l'on trouve au fond des jardins, mais après une implosion. Des montagnes de bidules se grimpaient les unes sur les autres.

Il écarta divers objets, papiers et enveloppes, assiettes émaillées de miettes, de petits os et d'opercules de yaourt pour se ménager une petite zone neutre sur la table où il posa ses mains à plat. Devant moi, une boîte de puzzle de mille pièces représentant vraisemblablement des fjords en été servait de base précaire à une pile de boîtes qui semblaient plus grosses et plus lourdes qu'elle. Seuls un diplôme richement encadré et un petit chien en céramique assis sur une broderie avaient bénéficié d'une attention particulière. Tout le reste était voué aux enfers.

Ce long silence qu'il m'imposait me laissa le loisir d'admirer la droiture de son nez, dernier vestige d'un profil qui avait dû être séduisant. Son visage s'animait par intermittence d'un spasme discret de la lèvre supérieure qui hésitait entre le mépris et la douleur.

L'angoisse était passée, il ne m'impressionnait plus. C'était l'heure de vérité, j'étais face au capitaine Kurtz et pourtant je n'avais plus peur. Je constatai une nouvelle fois que l'imminence d'une épreuve surpassait l'épreuve elle-même. Je me refusais de voir en lui le bourreau qu'il avait peut-être été. Je m'appliquais à le considérer comme une simple source d'information.

– Je veux uniquement que vous me disiez ce qui est arrivé à Rybová.

– J'aimerais d'abord savoir à qui j'ai affaire et en quoi tout cela te regarde.

J'ai développé une énième fois mon histoire.

– Disons que c'est plutôt un défi personnel. Je ne suis pas là pour régler des comptes.

– Vous me prenez pour un [je ne compris pas ce mot, mais je doute que ç'ait été très valorisant].

– Je ne chercherai pas à vous convaincre. Je me moque d'ailleurs de ce que vous pensez. Cela ne me dérange pas que l'on me prenne pour un fou. Il doit bien y avoir un peu de ça. Vous savez que je camperai devant chez vous aussi longtemps qu'il le faudra. J'ai la tête plus dure qu'une enclume.

Je crus bon de le lui prouver en me la jouant un peu.

– À quatre ans, ma mère m'a enfermé dans la cuisine parce que je refusais de toucher à mon déjeuner. Je suis resté dans la cuisine toute l'après-midi. Je ne m'ennuyais pas, je m'imprégnais des changements de lumière. À 18 heures, elle m'a libéré et a admis sa défaite. Je ne suis pas sorti tout de suite. Je l'ai regardée froidement jeter le contenu de mon assiette dans la poubelle. Je n'avais que quatre ans. Et je peux vous dire que j'ai beaucoup progressé depuis.

– Un fou ! Il m'en fallait un...

L'idée me traversa de lui réciter un poème de Vladimír Holan pour l'impressionner, mais ma prononciation fautive lui aurait redonné l'avantage.

– C'est comme vous voudrez. Ça ne me vexe pas. Mais maintenant qu'on a fait les présentations, on pourrait peut-être passer aux choses sérieuses.

Il reprit sa position initiale. Mains à plat, regard bas, nez parfait, petit spasme ambigu.

– J'étais qu'un petit pion de province. Je transmettais les renseignements et les photos, mais les décisions se prenaient à Prague. On exécutait.

Le mot me parut trop froidement bien choisi. Il me servait ce refrain que l'on connaît par cœur depuis Nuremberg.

– Le plus souvent, on les envoyait en prison ou en hôpital psychiatrique, mais il pouvait y avoir des ordres spéciaux et là ce n'est pas moi qui m'en occupais. J'avais une position dans la région. Je n'étais pas assez insignifiant pour les basses œuvres et pas assez important pour prendre les vraies décisions.

Je lui offris le profil de celui à qui on ne la fait pas.

– Vous me regardez comme ça, mais qu'est-ce que vous comprenez ? Vous vous croyez meilleur que les autres, plus juste, plus moral, mais regardez votre monde, regardez bien votre époque, regardez-la dans les yeux votre société vide, [encore un mot qui m'échappe], sans aucun idéal. C'est vous les zombis. Chaque génération a besoin de quelque chose, quelque chose peut-être d'inaccessible, de dangereux, mais surtout de lumineux, un feu qui brûle. La chaleur de ce feu finit par s'éloigner avec le temps et si l'on ne renie rien on ressent alors une mélancolie et cette mélancolie il faut l'aimer, comme le feu lui-même sans quoi on est pas un Homme. Mais vous et votre génération d'adolescents attardés ? Qu'est-ce que vous avez ? Il est où votre feu ? Rien. Que dalle. Vous êtes les premiers hommes d'un monde vide. Non, je ne rougis pas. Je n'ai fait que mon devoir. J'ai défendu les idées auxquelles je croyais. N'écoutez pas ce qu'on vous dit, je ne l'ai pas fait par ambition personnelle. Après la révolution, je les ai tous vus détaler comme des lapins, je les ai vus se vernir d'un joli masque anticommuniste. Ils ont acheté des baskets américaines et ont changé de monde en quelques semaines. Tandis que moi, je suis resté fidèle à l'Idéal. Ne vous trompez pas et regardez bien autour de vous, des comme moi, il n'y en a pas tant que ça.

Il fit une pause comme pour dérouler dans sa tête un discours qu'il hésitait à me servir.

Je m'habituais au cocktail olfactif d'humidité, de transpiration et de chien mort, mais je n'avais aucune envie de l'entendre me cracher à la figure son amertume de vieil homme rouge politiquement déraciné. Je sortais à ce propos de lectures édifiantes et je n'avais aucune envie qu'il pollue mon roman avec cela.

Mais il repartit sur le même mode, me vendit l'homme nouveau, l'ordre, la joie, la paix. Je l'interrompis quand il commença à se présenter comme un soldat de la liberté et de l'émancipation.

– Et Rybová, monsieur Kopfrkingl ?

Il prit le temps nécessaire pour se rassembler.

– Elle prenait des risques. Elle avait mis au point un système assez ingénieux pour faire passer du monde à l'Ouest. On l'a observée un moment pour bien comprendre comment ça fonctionnait. Et puis...

Regard bas, mains à plat. Spasme. Spasme.

– ... On a reçu des ordres...

Spasme. Spasme.

– ... Je l'aimais bien.

Cette dernière phrase me donna la chair de poule. J'eus une pensée pour le plombier. Je préférais ne pas l'interrompre, mais j'étais affreusement mal assis, les tissus dégageaient une odeur asphyxiante et ma position trop basse me devenait insupportable. J'étais comme empaqueté dans un lit pliant. Kopfrkingl me regarda m'extirper du fauteuil en martyrisant les accoudoirs et m'installer sur la chaise qui lui faisait front. Il reprit.

– Quand on recevait des ordres, il y avait peu de place pour l'initiative. J'ai retardé la chose. On a essayé de lui faire peur. Mais... elle était du genre... comment dire... quand elle a confié son fils à ses parents, j'ai compris qu'elle ne se calmerait jamais. On avait des hommes de main qui s'occupaient de ça.

– De quoi ?? Qui s'occupaient de quoi ?

Il ne répondit pas. Il attendit que je me calme. J'aurais voulu qu'il le dise et tout à la fois, j'avais peur de ce que j'allais entendre.

– Tu m'as très bien compris.

– Non, non, je ne comprends pas. Vous l'avez envoyée en prison ? À l'asile psychiatrique ? À l'étranger ? Vous l'avez égorgée dans une cave ou empoisonnée à la strychnine ? Ça fait une différence. Et pour son fils, ça fait même une sacrée différence.

Je ne l'impressionnais absolument pas. Il me donna au contraire le sentiment d'être de plus en plus à l'aise à mesure que je m'agitais et que je multipliais les erreurs de déclinaisons tchèques.

– Si vous n'êtes pas capable de le dire, moi je vais vous dire ce que vous avez fait. Le soir, pendant que vos gorilles liquidaient une mère de famille, vous avez repris deux fois du canard et vous vous êtes couché tranquillement après avoir terminé les mots croisés de la veille. Et pendant la nuit, vous vous êtes levé deux fois pour pisser, pas plus, pas moins, comme d'habitude.

– Tu vas continuer sur ce ton ?

– Vous ne m'avez pas encore convaincu de décamper. Je veux savoir précisément ce qui s'est passé.

– Non, je ne crois pas. Je crois que tu te racontes des histoires et que tu joues un rôle qui te dépasse. Mais ce n'est pas grave. Je vais quand même te dire ce que tu crois vouloir savoir.

Il baissa sa tête puis la releva lentement pour plonger son regard dans le mien.

– D'après moi, ils l'ont noyée.

– Noyée ? Comment ça d'*après vous* ?

Je ne cherchais pas à obtenir de détails, mais ma bouche avait parlé seule.

– Mais comment noyer quelqu'un ? Dans une baignoire ?

– Dans un étang.

Spasme. Spasme.

– Ne me demande pas lequel.

Il me regardait et pourtant je ne lisais rien dans ses yeux : ni haine, ni contrition, ni fierté, ni moquerie, ni agacement, pas même un peu de lassitude. Il avait le regard d'un vieil homme qui avait fini de faire le bilan de sa vie et qui attendait paisible qu'on vienne le chercher. Il me fallait aller jusqu'au bout.

– Et Šárka Železná ? Elle aussi ?

– Non, elle, on lui a donné le choix entre l'internement et l'Ouest. Elle a choisi l'Ouest. Sans hésiter une seconde.

Cette dernière phrase pleine de venin était destinée à Veselý.

J'en avais assez entendu. Je ne lui demandai ni où ni comment et je me levai. Je l'ai regardé une dernière fois droit dans ses yeux de hibou mort. Et je me suis tourné vers la porte.

– Et tu ne me demandes pas ?

– Demander quoi ? Je crois que j'en ai assez entendu.

– Et le photographe ?

Je l'avais complètement oublié.

– Il ne t'intéresse plus ?

En effet, la question me parut parfaitement secondaire. Mais je craignis tout à coup que ce photographe ait subi le même sort que les autres.

– Quoi ? Tu n'as pas deviné ? Je te croyais plus malin.

Il se leva.

– Suis-moi.

Il poussa l'interrupteur du couloir sous mon nez et nous avançâmes vers la porte d'entrée où il buta sur le même sac de poignées qu'à l'aller et je vis la même lame de parquet qui prenait appui sur la même photo.

Nom d'un chien ! Ce cadrage, ces petits traits qui soulignent les formes. Je n'osai comprendre.

Il sortit une clef et ouvrit une porte sur la droite. Il éclaira la chambre et me laissa entrer en premier.

Et là... jusqu'au vertige.

Mon regard balaya tout l'espace. Des photos, des boîtes, des dizaines de boîtes, des centaines de photos partout qui recouvraient les murs, le sol. La pièce était grande comme deux fois le salon et semblait cependant trop petite pour contenir toutes les photos. Les boîtes se montaient les unes sur les autres, elles avaient trouvé des équilibres précaires. Il y en avait des tonnes, des clichés partout, par terre, à mes pieds, comme si un toxico y avait cherché sa came pendant des semaines.

Je me baissai et je pris la première image. Une femme discutait avec un homme au coin d'une rue. On retrouvait le fond coloré, le petit coup de bic qui soulignait la forme d'une hanche ou d'un menton.

J'en pris une autre, puis une autre, et encore une autre. Kopfrkingl avait fait un pas à l'intérieur de la pièce et me laissait explorer. Toujours la même patte, toujours la même acuité du regard, toujours un petit trait qui rappelait le geste du peintre.

Je compris à force de faire défiler les images ce qui les rendait si particulières. C'étaient toutes des photos de filature, portraits volés de dissidents à l'ouvrage ou dans leur quotidien sauf que pour une fois elles avaient été prises par un photographe talentueux (et ce mot va écorcher mon stylo), un artiste.

Il m'en tendit une. C'était un jeune homme aux cheveux longs assis devant une remise, il tenait une boîte sur laquelle il y avait écrit *Naděje*. Espoir.

Et alors, je reconnus la boîte.

Je reconnus le jeune homme qui tenait la boîte.

Il souriait à l'évidence à quelqu'un qui se trouvait hors cadre. C'était avant qu'on lui casse ses deux incisives.

– Vous pouvez la garder, j'en ai plein d'autres.

Je me suis approché de la porte d'entrée, j'ai abandonné mes savates, j'ai enfilé mes chaussures et sans me retourner, je suis sorti comme un somnambule.

Arrivé au milieu du jardin, j'entendis un « Adieu, monsieur Solveig » puis le son lourd de la porte qui se ferme.

## 35
## LE SILENCE DES CARPES

Je ne pus rentrer directement. Il me fallait errer, tourner, m'épuiser un peu physiquement avant d'affronter les questions de Míla et d'Antonín. J'abandonnai mes pas à la nuit estivale le plus loin possible de la maison jaunâtre, tout là-bas à la lisière des forêts.

Je ne pensais à rien. Et ce vide me régénéra, comme après un recueillement.

J'ai tout raconté à Míla et Antonín. L'essentiel - l'étang, Rybová, Šárka et les photographies - comme les menus détails - la maison, l'odeur, le fauteuil, la morgue.

Antonín semblait très ému, il se réfugia à l'intérieur de lui-même et c'est Míla qui déversa tout un flot de haine contre les salauds, les putains de communistes, des mots qui sortaient mal de sa bouche. Je ne saurais dire pourquoi, mais cela me parut déplacé, comme un pétard lors d'un enterrement. Nous n'avions pas besoin de cela, mais je l'ai laissé faire. C'était son droit et elle avait ses raisons.

Pendant plusieurs jours, la marche fut mon meilleur abri. À chaque pas, j'écrasais un peu de l'amertume que Kopfrkingl avait fait naître. Tous les jours aux aurores, je partais sur les chemins, je m'enfonçais dans les forêts, j'épousais les courbes des collines, je dévalais les pentes puis je bifurquais dans les vallons dormants, avant de trancher les champs de blé ou les vignes. Je respirais le pays tout entier. Je voulais faire tout rentrer à l'intérieur comme pénètre une pommade sous les petits cercles de doigts attentionnés.

Je sentais que ces longues marches débrouillaient quelque chose qui ne portait pas de nom.

J'ai pensé qu'il me fallait rentrer à Paris. Mais fallait-il parler à Ryba ? Plus je humais mon paysage morave et plus j'en doutais.

J'avais peut-être tiré une flèche de Zénon.

Un soir, Míla vint me chercher. Le Cercle m'attendait.

Elle me demanda si j'étais prêt. Je ne sus quoi répondre. Je ne le savais pas moi-même.

Sur le trajet, Míla me posa quelques questions cinématographiques, plus pour me détendre que pour me préparer au grand test. Tout était là, à disposition. J'étais devenu un respectable amateur de cinéma tchèque.

Le sol rendait la chaleur que le jour lui avait donnée, à peine rafraîchie d'une brise fleurie de jardins entretenus. J'aimais aussi ce parfum d'été triomphant et de nature domestiquée, que la civilisation avait rendu familier à tout le monde.

Quand je vis la fabrique de papier désaffectée, je compris immédiatement où se cachait le Cercle. Sa longue cheminée accueillait un couple de cigognes dont je suivais l'évolution au quotidien – j'en avais fait ma tour Eiffel et toutes les directions se prenaient en fonction d'elle.

Sur place, une fine équipe m'attendait. Il y avait Speed, Žofie, Juraj le Slovaque et bien sûr Antonín.

J'ai visité les locaux. Il y avait une pièce aménagée comme un café, un petit studio et une belle salle de cinéma où des transats avaient remplacé les habituels sièges. On avait choisi une décoration de bric et de broc que quelques affiches rehaussaient. J'ai pensé que c'était le lieu parfait pour les œuvres de Veselý.

La soirée fut belle.

Je n'ai passé aucun test. On me remit simplement une clef du cadenas de l'entrée. Nous avons bu, nous avons ri. J'ai même profité d'une dispute entre Speed et Antonín sur Wong Kar Waï et le cinéma hongkongais des années 90 pour danser avec Míla sur la bande-son de *Chat noir, chat blanc*. Je me sentais bien. C'était comme si j'avais toujours fait partie de la famille. Juraj m'offrit un disque dur rempli des films de chacun. J'avais du retard à rattraper.

À la fin de la soirée, Míla posa sur mes lèvres un baiser lent et délicat. Je pris ce baiser comme le dernier.

Elle avait sa manière d'aimer. Moi, j'avais besoin d'élever des cathédrales, même fragiles, même éphémères. Et je me sentais prêt. Ce renouveau, je le devais aussi à Míla. Mais il était temps de faire un pas de côté. Nos conceptions de l'amour étaient trop incompatibles.

Je le lui ai signifié gentiment. Une douce mélancolie traversa son regard. J'ai eu le sentiment que ce n'était pas la première fois qu'elle entendait cela. Elle savait que ce jour viendrait. J'ai pensé que sa vie amoureuse n'était peut-être pas aussi légère qu'elle en avait l'air et qu'elle constituait aussi à sa manière une forme d'abandon.

Je la pris dans mes bras. Nous restâmes comme cela un long moment accrochés au dernier souffle de la nuit.

Je n'avais pas envie de rentrer. Je sortis de la ville par l'est. Dans les faubourgs, des pleurs de nourrisson s'échappèrent d'une petite maison en bois. Les parents avaient pris les devants en achetant un toboggan tout neuf qui égayait le jardin et qui attendrait encore quelques mois avant les premiers déboulés de l'enfant.

J'ai pensé que Pauline avait sans doute accouché.

Puis, je me suis engagé sur les chemins. Une légère brume montait du vallon. Les noirs profonds des feuillages prenaient des reflets bleutés comme à travers les volutes étirées d'une cigarette fumée il y a longtemps.

Dans cette vapeur, tout m'apparut plus clairement. Je compris qu'il fallait laisser Ryba tranquille, que le récit de Kopfrkingl m'appartenait tant que personne ne venait le réveiller. C'était à moi d'apprendre à vivre avec. Je savais que si Ryba le voulait vraiment, il trouverait des réponses ici.

En revanche, il fallait que je parle à Veselý, je ne pouvais pas me défausser.

Là, au milieu des vignes moraves, j'eus envie de revoir Paris, ne serait-ce que quelques jours. Il me fallait revoir mes places, embrasser mes amis, Bébert, respirer la France à pleins poumons. Quelques jours seulement, puis je reviendrais à Blednice. Je voulais visiter le pays, voir Prague et la Bohême, les montagnes et les châteaux.

J'ai continué vers l'est au-delà des chemins. J'ai arpenté ces paysages dont je me sentais redevable. Bientôt je saurais les fleurs, les arbres, les oiseaux. Je leur devais bien cela.

La sortie du bois me livra à une clairière que la lumière du jour osait à peine caresser. Là, un chant aquatique m'appela. Guidé par ce concert, j'ai traversé les broussailles. Je vis alors un petit étang étiré qui doublait la ligne des arbres et dans lequel dansaient à la surface de l'eau des dizaines, peut-être des centaines de poissons.

C'était un sabbat fascinant et j'ai profité quelques minutes de ce spectacle somptueux. J'oubliai toute fatigue. Les poissons sautaient et giclaient dans tous les sens comme si l'étang était placé sur le feu d'une cuisinière.

Alors, j'ai enlevé mes chaussures, j'ai fait quelques pas dans la vase, j'ai plongé mes mains dans l'eau et j'en ai ressorti une carpe.

Elle était calme et douce. J'ai observé attentivement sa robe, son œil. La pressant fermement d'une main contre ma poitrine, je l'ai caressée dans le sens des écailles comme je l'aurais fait avec le flanc d'un chat. Sa bouche s'ouvrait à peine, elle ne semblait pas souffrir, au contraire. Elle irradiait une quiétude qui me gagna. Elle avait un œil gentil, accueillant.

Un rayon de lumière perça les arbres et découvrit la profondeur de l'eau.

Je replongeai le poisson dans l'étang et le rendis à son milieu naturel. Comme par enchantement, l'étang retrouva instantanément son calme. Tous les autres poissons avaient disparu. Il ne restait que le mien qui traçait des huit harmonieux jouant avec les rayons changeants du matin.

Je sortis de l'eau. Une brise balaya les herbes. Je m'assis au bord de l'étang. J'ai regardé longuement mon poisson dessiner un monde de trajectoires mystérieuses.

Puis je me suis allongé au bord de l'eau et je me suis endormi.

# ÉPILOGUE

Quand nous entrâmes aux *Belles Pertes*, il n'y avait que ce vieux assis au fond avec ses deux bières qui se regardent. Il souriait. C'était la première fois. Cela nous encouragea à nous asseoir près de lui.

Le lendemain, je rentrerais à Paris pour quelques semaines. Je savais combien cette soirée était précieuse. J'en goûtai chaque instant.

Míla et Antonín étaient en grande forme. J'ignore comment nous en étions venus à débattre des différentes manières de terminer une histoire d'amour. Faut-il coucher une dernière fois ou vaut-il mieux que ça craque net comme une branche sèche ?

Míla décréta que c'était une question à la con, elle s'était débrouillée pour ne jamais avoir à se la poser. Elle transposa la question au cinéma. C'est quoi une fin réussie ?

Míla avança le pion de *La Planète des singes*, mais Antonín avait horreur des fins surprenantes qui d'un coup éclairaient l'histoire d'une autre lumière, faisaient passer le spectateur pour un con et le forçaient à revoir le film.

– Putain de twists américains !

Je me suis positionné sur la case *Profession Reporter* d'Antonioni.

– Mais non, mais non. C'est too much !

– Mais alors comment ?

– Une panenka !

Silence.

– Tu sais ce qu'est une panenka ?

Tous les amateurs de foot connaissent Panenka. Je ne connaissais absolument rien au football. Antonín était aux anges, il allait pouvoir m'expliquer. Il recommanda une tournée, dessina une petite cage sur la table avec des cure-dents et s'y mit :

– Alors tu vois, la plupart des tireurs de penalties placent le ballon sur le cercle de craie, prennent quelques mètres de recul, choisissent mentalement un côté avant de s'élancer et de frapper. Le gardien le sait. Il peut anticiper son plongeon à droite ou à gauche ou attendre le dernier moment avec l'espoir de bien interpréter la course d'élan, la position du corps du frappeur et plonger finalement d'un côté. S'il fait le bon choix, il a une chance sur trois de choper la balle. Quatre-vingt-dix pourcents des penalties sont tirés comme ça parce que c'est la meilleure manière de marquer. Certains tentent de tirer le plus fort possible au centre, un peu à gauche ou un peu à droite. Et puis il y a les petits malins. Tu vois, le frappeur sait que le gardien doit choisir un côté alors il cherche à détecter un geste du portier pour prendre sa décision. Mais c'est une erreur : les mecs inversent le rapport de force, ils se croient plus intelligents, mais toute la gestuelle se dégrade, leur course est généralement plus lente, moins fluide. Il y a des gardiens qui le sentent et ne bougent pas. On joue au plus con. Tauromachie bas de gamme. Le frappeur peut se retrouver pris à son propre piège, en mode panique au moment d'armer. Et là, il shoote dans la balle comme un saucisson et ce n'est pas beau à voir. Le tireur à qui ça arrive y pense toute sa vie. Et puis il y a Pa-nen-ka. Écoute bien, la Tchécoslovaquie est en finale de l'Euro 76. Ici comme tu le sais c'est la merde, c'est un an avant que Rybová disparaisse, tu imagines l'ambiance dans le pays. Les gens dépriment et on n'a jamais rien gagné en foot, en hockey oui, mais en foot que dalle. Cette finale remonte le moral de tout le monde. Imagine les familles devant les télés pourries de l'époque, on a fait rappliquer les tontons, les gamins sont par terre, on a ramené des chaises de la cuisine pour accueillir les voisins qui n'ont pas la télé, bon s'ils fricotent pas trop avec la police secrète. Le tonton demande du regard si on a bien fait de faire rappliquer les voisins. Mais ils arrivent avec une jarre de bière fraîche et des amuse-gueules. On a quand même demandé au fiston de décrocher le poster des Rolling Stones. Bon, le match commence. En face, c'est la R.F.A., comme par hasard. Après 25 minutes, on mène 2 à 0. Le tonton a renversé de la bière sur la moquette et pour une fois tata ne dit rien. Et puis les Allemands reviennent 2 à 1, 2 à 2. Tout le monde pense que c'est foutu, les Allemands, on les connaît. Quand la machine est lancée... Mais on tient jusqu'aux penalties. Tu bites rien en foot, mais je suis sûr que tu connais le cirque: un joueur d'une équipe frappe, lui succède un joueur de l'autre équipe et ainsi de suite. On pourrait tirer la victoire à pile ou face, mais on a choisi de faire comme ça, les grands gourous du football étaient peut-être lecteurs de Sophocle. En Colombie, les mecs qui ratent les penalties, on les zigouille une fois rentrés au pays. Si, si, je t'assure, ne fais pas comme ça avec la bouche, comme si t'allais embrasser la croupe d'un poulet, ça m'énerve, je te dis que c'est arrivé. Bon, la série de penalties commence avec un but tchèque puis chacun marque le sien jusqu'au 4e Allemand qui catapulte la besace au-dessus des cages et tue deux grives. La moquette de tata prend cher. Il ne reste plus qu'un tireur tchèque.

Alors Antonín baissa d'un ton comme pour me livrer un secret.

– C'est un grand brun qui s'avance. Il a le numéro 7. Un brun avec une moustache. Il s'appelle Panenka. S'il marque la Tchécoslovaquie est championne d'Europe de football. Il pose le ballon sur la craie, il sait qu'il doit choisir son côté.

Il peut aussi jouer au con et attendre le dernier moment ou envoyer une praline au centre en fermant les yeux. Mais on l'a vu, il vaut mieux choisir un côté et s'appliquer. La pression est énorme. S'il rate, on ne l'enverra peut-être pas en Colombie, mais on a ce qu'il faut chez nous. Il recule. Il prend plus d'élan que d'habitude, comme s'il avait voulu ajouter de la mise en scène au suspense. Là, le tonton, tu peux lui faire une opération à cœur ouvert sans anesthésie. Panenka s'élance, il prend de la vitesse, on se dit qu'il est parti pour envoyer une sacrée praline. Ça y est, le gardien a choisi son côté, ce sera sur sa gauche. Panenka arme, il va péter les filets ou envoyer le ballon hors du stade, mais ça va être puissant. Tout à coup, le numéro 7 floqué dans son dos s'illumine et il se passe quelque chose, il invente, il fait ce que personne n'avait encore jamais vu, un nouveau geste humain, un geste qui surgit de milliards d'années d'évolution darwinienne, il fait une PANENKA.

Antonín s'arrêta, s'adossa à sa chaise, but une petite lampée de bière, comme une vieille Écossaise dans un salon de thé d'Édimbourg et se tut. J'en crevais :

– Mais c'est quoi putain, ta panenka ?

Un mec avec une tête de renard assis à la table d'à côté se caressa le ventre : « Miam ». Míla éclata de rire et m'expliqua :

– C'est aussi de la viande !

– Mais je m'en fous, je sais très bien ce qu'est la panenka ! En France, on appelle ça du filet mignon et je peux te dire que ce n'est pas près de tirer un penalty. Je veux savoir comment il a tiré le mec. Ah, tu me tiens et t'es fier de toi mon salaud. Mais tu vas voir...

Je sortis mon portable pour chercher sur Youtube.

– Ça va, ça va, je vais te le dire... Tiens-toi bien. Voilà : il ne frappe ni à droite, ni à gauche, ni fort. Il fait passer son pied sous la balle et la pique légèrement comme s'il donnait une pichenette du bout des orteils. Le ballon s'élève lentement et dessine une jolie parabole. Le gardien a anticipé à gauche, il n'a pas le temps de revenir, juste celui de regarder le ballon entrer dans la cage au ralenti. Moins fort, le gardien aurait eu le temps de revenir pour l'attraper, plus fort cela n'aurait pas été une panenka. La Tchécoslovaquie est championne d'Europe et tonton va devoir refaire toute la moquette du salon.

Alors, le très vieil homme aux deux bières, lui qui n'avait pas articulé le moindre mot depuis des années se mit à rire, d'un rire édenté d'une profondeur infinie, comme on ne rit qu'une seule fois dans une vie. Et le patron, passé la sidération, se mit à rire aussi avec le même abandon. Puis Míla. Antonín. Et alors je me mis à rire à mon tour, d'un rire profond, ventral, inextinguible et toute la brasserie résonna du même grand rire universel.

***Muzikanti***

*Muzikanti co děláte*
*aj, máte husle a nehráte*

*Zahréte mně na cimbále*
*ať moja milá veselá je*

*Zahréte mně na husličky*
*a rozveselte ty dróžičky*

*Zahréte mně na tó basu*
*a rozveselte všecku chasu*

*Zahréte mně všeci spolu*
*a vyprovoďte mně až domu.*

**Les Musiciens**

Musiciens, que faites-vous,
Vous avez des violons et vous ne jouez pas

Jouez-moi du cymbalum
Que ma bien-aimée soit gaie

Jouez-moi du violon
Et réjouissez les jeunes filles

Jouez-moi de la contrebasse
Et réjouissez tous les jeunes

Jouez tous ensemble
Pour m'accompagner jusque chez moi.

Chanson traditionnelle morave.
Leoš Janáček en a fait une transcription pour piano et voix.

Merci à Magdalena K.
& à Alexandre C.

éditions inculte, 2022
62, rue du Faubourg-Saint-Antoine
75012 Paris

ISBN : 978-23-60841-76-9

Achevé d'imprimer sur les presses de In Tempo en avril 2022
Dépôt légal : avril 2022 - Impression : 203852

Couverture : Rémi Pépin

Distribution : UD
Diffusion : Actes Sud